双葉文庫

忍者だけど、OLやってます

オフィス忍者合戦の巻

橘もも

目次

忍者だけど、ＯＬやってます

オフィス忍者合戦の巻

1

「んぐっ、……うぅ」

ホームドアによりかかりながら一人の男が崩れ落ちる。

我先にとホームへなだれこんでいた人の流れが、小岩に勢いをそがれた濁流のように乱れた。迷惑そうに舌打ちしながら、人混みをかき分けていく若い男。二度、三度ふりかえりながらも先を急ぐ子連れの女性。大丈夫ですか、ととっさにしゃがみこんで男の身体を支える坊主頭の高校生に、駅員を呼びに走る彼女。そのどれも無視して涼しげにすり抜ける穂乃香《ほのか》の横顔を見上げ、陽菜子《ひなこ》は小さく息をついた。

「……穂乃ちゃん。やったでしょ」

「あら、バレた?」

「あたりまえ。命はとってないでしょうね」

「そんなヘマ、あたしがするわけないでしょー? しばらく右半身が痺れる程度じゃないかしら。たぶん」

穂乃香の人差し指と中指の隙間から姿を現したのは、糸ほどの細さの小さな仕込針だ。すれ違いざま、さりげなく刺したのだろう。あいかわらずの早業だ。

「休日の朝っぱらから痴漢するような下衆《げす》には、腕を切り落とされなかっただけ感謝してほしいわ」

「べつに責めてないよ。むしろグッジョブ。わたしたちのいる場所からじゃ、どうにもできなかったしね」

正月明け、三連休初日ということもあって、東京駅へ向かう山手線はぎゅうぎゅう詰めに混んでいた。

かすかに空気が揺れたのを、感じ取ったのは車内で陽菜子たちだけだっただろう。違和感の先には、震えてうつむく高校生くらいの女の子がいた。そのうしろに立つ男が濁った気配を放つのも、右腕だけが不自然にゆらめいているのも、陽菜子はしっかりその目にとらえた。けれど現行犯でつかまえるには距離が遠く、車内は混雑しすぎていた。

「でもそれ、ずいぶん小さくない？　はじめて見た」

「自分で改良してみたの。夜の仕事なんてしてると、変なのに絡まれることが多くって。かといって、いちいち捕まえてもいらんないし、てっとりばやく反撃することにしたってわけ。ほら、あたしってばこの見ためでしょう？　みんな油断して、すーぐ距離つめてくるのよね」

うふふと笑って穂乃香は豊かな胸を揺らす。

身体のラインがわからない、胸元があいているわけでもないざっくりニットの上からでも明らかな巨乳ってどういうことよ、と唇をまげて、陽菜子は自分のそれを見おろした。今日も安定してぺたんこだ。けれど穂乃香は、そんな陽菜子の心中を察したように小さく首を振る。

「ヒナちゃんも、気をつけるのよ。足だけはきれいなんだから。電車の中じゃ、おっきい胸よりよっぽど狙われやすいよ」

「だけって何よ、だけって。……でも便利そうだよね、それ。家に帰ったらちょっと見せて」

「あらぁ？　ヒナちゃんったら。術は封印したんじゃなかったの？　そのためにお父さんにも惣《そう》ちゃんにもケンカ売って、おうち飛び出してきたのよねー？」

「……ぐ」

「あ、ちがうか。好きな人のために、またやることにしたんだっけ。やっだぁ、ヒナちゃんったら、けなげー」

「だからそんなんじゃないってば。あれは行きがかり上しかたなく」

「えぇー。でもー。その好きな人のおうちにお呼ばれしたから、こうしてわざわざ朝っぱらから手土産買いに来たんでしょおー？　人混みがなにより嫌いで、休日限定ひきこもりのくせにー」

「手土産買うのはあたりまえじゃない。あのね、何度も言うけどわたしはただ」

「うんうん、わかるわかる。気に入られたいもんね。まわりの地固め、大事。将を射んとせばまず馬を射よ。まずは家族からオトしていかないと。というわけで、年配ウケするものならあたしに任せてちょうだい。ほら、れっつらごー」

いやそれ死語だから、と出かけたつっこみをのどに押しこみ、ご機嫌の穂乃香のあとを追う。今朝も始発まで働き、酒樽のような匂いを発散させて帰ってきたばかりなのに、なんだかんだ言いながらもこうしてつきあってくれる同居人を、無下にできるはずがないのだった。

山奥に潜む忍者の里、八百葛《やおかずら》の頭領娘として生まれて二十八年。

跡なんて継がない、忍者なんてくそくらえ、二度とおまえらに関わるもんかと啖呵を切って里を飛び出した陽菜子が、その禁を破ったのは昨年末。陽菜子の勤める和泉鉱業エネルギー、通称ＩＭＥの買収を目論む松葉商事の魔の手と、暗躍する忍者を撃退するため、やむなく忍びとしての自分に戻った。すべては呑気な平和主義者のぼんくらで、陽菜子の同期でもある上司・和泉沢創《いずみさわつくる》課長の失態をフォローするためだ。

その過程で陽菜子は、和泉沢の祖父であり、ＩＭＥ創業者でもある会長と知り合った。その会長から、年賀状とともに新年会の招待を受けとったのが元旦のことだ。

「都合があえば、ご友人を連れて是非お越しください。妻も貴女に逢いたいと申しております」

勤める会社の、しかも志望動機ともなった尊敬すべき会長から、直々に年賀状が届いたことさえ青天の霹靂《へきれき》なのに、そんな申し出が達筆に書き添えてあれば断るわけにもいかない。しかし正月早々、ろくな手土産も用意できない。

あわあわと震えているところを穂乃香に見咎められ、あっさりはがきを奪われた。

「なあに、これー。楽しそうー。あたしも行くー」と言う穂乃香の声に異論をはさむ余地はなく、同行者はあっさり決まった。形だけは「ええっ、だめだよ！」と抵抗してみせたものの、ひそかに胸を撫でおろしていたのはたぶん丸わかりだっただろう。

陽菜子には、同じ里で姉妹のように生まれ育った穂乃香以外に、友達と呼べる相手はいない。

たぶん会長はお礼のつもりなんだろうな、とわかっていても恐縮する。

陽菜子が忍びであることは、普通の人にはまずわからない。めだった印象を誰にも残さぬよう、完璧に周囲に溶けこむ技を身につけることが、里を出て暮らす最低条件だからだ。けれど会長は、一目で見抜いた。それほどの洞察力があれば、表向きは和泉沢が処理したと思われている、松葉商事の買収阻止と業務提携への顚末も、陽菜子が裏で奔走していたことにも当然、気づいているだろう。和泉沢にはいちおう口止めしておいたが、彼に隠しきれるとも思えない。

——あいつ、元気でやってるのかしら。

ことが起きた直後に、和泉沢は別の部署へと異動した。それからひと月半というもの、とくに連絡はない。なくて困ることはなにもないが、入社以来、ほとんど毎日顔をあわせていた相手がとつぜんに日常から消えるというのは、それがどんなにうっとうしい相手であれ、物足りない心地がするものらしかった。へにょへにょとしたあの笑顔を見るたび駆られた尻を蹴飛ばしたくなる衝動はまぎれもなく本物だったはずなのに、いまは少し、さみしいような気さえしている。

気の迷いだ、とは思うものの。

ゆうべから、妙にそわそわしている自分がいるのも事実だ。

「ヒナちゃーん。定番だけどさ、ウエストのリーフパイとかどお？　このへんのドライフルーツクッキーも、好きだって人多いのよ。奥様、甘いものに目がないって言ってたよね？　あ、あと日暮里で降りて酒屋寄ろうね。ワインも日本酒も品揃えいいから、正月らしいやつが売ってると思う」

「あ、うん。ええと、ちょっと待って、財布だす」

ショーケースを覗き込んでいる穂乃香の隣に立つと、いつものシャネルとは違うすっきりとしたシトラスの香りが漂った。甘めの装いをしているだけに、かえって清潔感が際立つ。

わたしも香水くらいつけてくればよかったかも、とちらり後悔しながら、陽菜子は詰め合わせの箱を手にとった。

駒込《こまごめ》の駅をおりて六義園《りくぎえん》の脇を抜けると、閑静な住宅街には似合わない人のざわめきが聞こえてきた。

ダウンコートにマフラーをぐるぐる巻きにしても震える寒空だというのに、たどりついた和泉沢邸の門越しに庭をのぞくと、十数名の男女がまるで室内にいるかのごとく軽装でくつろぎグラスをかわしあっている。

その理由らしい、庭ににょきにょき生えている銀の傘に気づいて陽菜子は小さく息を漏らした。

「わたし、パラソルヒーターってカフェ以外ではじめて見た」

「うちのお店のオーナーも、自分ちの庭に設置してたなぁ。でもこんなにたくさんはなかったわ。さっすがＩＭＥの創業者。羽振りがいいわねえ」

想像していたホームパーティとは格が違いすぎて、若干腰が引けている陽菜子をよそに、穂乃香は口笛でも吹きそうな軽さだ。彼女の勤めている高級クラブには政財界の大物が集うというし、カクテルドレスの女性がいないだけむしろ地味なのかもしれない。

庭の隅には結婚式でしか見たことのない酒樽と山のように積み上げられた枡があった。柄杓で日本酒を注ぎ、客にふるまっているのは和泉沢だ。常人離れした小顔と長い手足で、どこにいてもすぐにわかる。

本当に、見た目だけは無駄にいい。

心なしか、いつもより表情がひきしまっているように見えるのは、新しい部署でそれなりに鍛えられているせいだろうか。

「やだあ、ヒナちゃん。さっそくお熱く見つめちゃって」

「お願いだからそういうの、あいつの前ではやめてよね」

「そんなに空気の読めない女じゃないわよ。それにしてもあいかわらず、善意のかたまりみたいな雰囲気よねえ。あんなに緊張感のない人もめずらしいわ」

「あ、そっか。穂乃ちゃん、お店で何度か会ってるんだっけ」

「うん。あのあとプライベートでも来てくれたのよ。しかもあたし目当てで。ごめんねえ、嫉妬しないでねえ」

「いや、しない。全然、しない。むしろ〝クラブで知り合った素敵なアキホさん〟の話なら耳が腐り落ちるほど聞かされたから、うんざりしてる」

IME買収騒動の裏側で、本当に糸を引いていたのは外務省に勤める同じ里出身の忍者だった。おそらくは彼の背後にはさらなる黒幕がいるのだろうが、それを知りたいとは思わない。穂乃香がクラブ勤めをしているのは、彼をはじめとする里の忍者たちをサポートするためだ。松葉商事に籠絡《ろうらく》されかかった和泉沢は何度か店に連れて行かれ、案の定、穂乃香に骨抜きにされていた。

「気をつけてね。あいつ、意外なところで鋭いから。穂乃ちゃんがアキホさんだってバレたらめんどくさいし」

「だいじょーぶよぉ。ヒナちゃんほどじゃないけど、あたしの変身術だってそれなりなのよ？　このとおり、いつもとは別人になったじゃない」

「それはそう……なんだけど」

たしかに黒髪ストレートのウィッグをつけ、ナチュラル（に見えるだけで支度に三時間はかかっている）メイクをほどこし、眼鏡をかけ、膝まで隠れたフレアスカートにブーツという、今日の穂乃香はいかにも清楚なお嬢さまだ。たわわな胸を存分に見せつけ煌びやかに着飾った「アキホ」と同一人物だなんて、たしかに誰も気づかないだろう。

だけど。

――言えない。

これまで陽菜子は、二度も和泉沢に変身を見抜かれた。あまりの失態に、誰にも打ち明けたことはない、というか言えるはずがないけれど。天然ゆえの本能か、彼に動物並みの嗅覚が備わっていることは明らかなのだ。

「ああ、望月《もちづき》さん。よくお越しくださったね。そんなところにいないで、入って来てくださいよ」

陽菜子たちに気づいた会長――和泉沢與《よ》太郎《たろう》が白ワインの注がれたグラスを片手に

手招きをする。

「あけましておめでとうございます。本日はお招きいただきありがとうございます」

「そんな畏《かしこ》まらんでいいよ。今日は親しい人だけを集めたプライベートの催しだから。あのね、こうしてガーデンパーティをするのが私の楽しみでね。理由をつけてはみんなをつきあわせてるの。こちらはお友達かい？」

「篠山《しのやま》穂乃香と申します。お言葉に甘えてついてきてしまいました。陽菜子さんとは学生時代からの友人で」

「あなたもまた、とても美しい佇まいをしているねえ。うん。素敵だねえ」

目を細めて笑うその奥で、冷静に観察するまなざしがあるのを見てとって、穂乃香もまた唇に悠然とした笑みを乗せた。それだけで二人が、互いの立ち位置を諒解しあうのがわかる。

「おおい、創。望月さんが来てくださったよ。ちゃんとおもてなししなさい」

「え？　あ、望月！」

ふるまいの手をとめた和泉沢が、陽菜子の姿を認めたとたん、すました坊ちゃん顔が崩れて光が射す。見えない尻尾をぶんぶんと振りながら人の合間を縫ってかけつけてくるその姿に、陽菜子は思わず一歩あとずさる。

「わあ望月、久しぶりだねえ。元気だった？　年末はなにしてた？　部署のみんなは元気？　あ、あけましておめでとう！　お正月はゆっくり過ごせた？」

「……あけましておめでとうございます。みんなは元気です。おかげさまで年末年始はのんびり休養させていただきました」

「なんだよう。他人行儀だなあ。そうやっていっつもぼくにだけ冷たいんだから」

「これ、創。望月さんが困っているじゃないか。すまないね、望月さん。落ち着きのない子で」

「慣れていますので」

苦笑する陽菜子に、会長は困ったように眉を下げる。

国内最高峰の国立大学、すなわち東京大学の理学部にストレートで合格し、大学院にまで進んだ和泉沢は、陽菜子と同期といっても歳は二つ上。これでも立派な三十路なのだが、こんなのが自分より年も立場も上だということを陽菜子は時々忘れそうになる。

――いや、忘れたくなる。

「まったく仕方のない子だ。創、ほどほどにするんだよ。お客様に粗相のないようにね。……じゃあ望月さん、またあとでゆっくり。よければ将棋の相手もしてくれるとうれしいね」

「は、はい。喜んで！」

会長が去り、ようやく穂乃香に気づいたらしい和泉沢は、照れたように襟を正した。

「あ、えっと、望月のお友達？」

「うん。穂乃香っていうの」

「はじめまして。お噂はかねがね」

「はじめまして。和泉沢創です。望月にはいつもお世話になってます」

——あれ？

相手が〝アキホ〟かもしれないと、疑うそぶりの微塵もない態度に陽菜子は眉をひそめる。初対面を装っている、とは思えない。とっさに完成されたポーカーフェイスをつくれるほど和泉沢は器用じゃない。

——じゃあなんで、わたしのときはバレたのよ。

何をやっても落ちこぼれ、頭領娘とは思えない、と誇《そし》りを受け続けてきた陽菜子が、唯一誇れたのが変身術だ。元のつくりが地味なせいか、陽菜子が姿を変えれば見抜ける人間は誰もいない。誰よりもそばにいる穂乃香だってもしかしたら気づけないかもしれない、完璧な変わり身。それだけが陽菜子にとって唯一の、忍びとしての矜持だったのに。

拍子抜けしている陽菜子の肩を、穂乃香が訳知り顔でぽんと叩く。

「ヒナちゃん、あたし、飲み物とってくるね。久しぶりなんでしょ? ゆっくりお話ししてなよ」

「え、いや。そんな気を遣わなくても」

「いいから、いいから。ワインでいいよね」

手をひらひら振って、物怖じする様子なく人の輪に入り込んでいく穂乃香の背を見送りながら、陽菜子は小さく息を吸った。——うん、確かにちょっと緊張しているみたい。

最後に二人きりで話したのはずいぶん前だ。送別会のときだって、和泉沢は酔っぱらった同僚たちにもみくちゃにされて、陽菜子とはほとんど口をきかなかった。

そんな陽菜子とはうらはらに、和泉沢はあいかわらず締まりのない顔でにこにこしている。

「ほんと久しぶりだねえ。元気そうでよかった」

「そっちこそ。どうなの、新しい部署は」

「楽しいよ。もともとエネルギー開発はぼくの研究分野だし、やっと希望の部署に行けたって感じかな。ほら、このヒーターはぼくがつくったんだよ」

「え、パラソル型のやつ全部？」

「ううん、この一本だけ。これねえ、開発中の燃料電池を使ってるの。けっこうあったかいでしょ？　性能はガスヒーターとほとんど変わらないんだ」

松葉商事からの資金援助を得て、ＩＭＥは水素エネルギー開発にさらなる力を注ぐこととなった。その技術戦略室室長に、和泉沢はめでたく就任したのだ。資源開発課なんてバリバリの営業部署で課長をやるより、よほど向いていると陽菜子も思う。

「すごいじゃない。商品化できそうなの？」

「ううん、コストがかかりすぎて全然むり。これは趣味でつくった試作品だよ。だから半分以上自腹なの。そのせいでぼく、正月から一気にお財布がさみしいことになっちゃった」

「え、いくらすんの」

「んー、ドン引きするからナイショ」

「……そんなに？」

「えへへ。そんなに」

「の、わりには嬉しそうじゃない」

「うん。だってぼく、ずーっとこういうのがやりたかったんだもん」

だから三十過ぎた男がもんはやめなさいって、と突っこむのはまたにしておいてやる。へらへらと笑う能天気な顔があまりに幸せそうで、陽菜子もつい、つられて口の端をゆるめてしまう。

「創さん？　そちら、お友達ですか？」

割って入るように涼やかな声が飛び込んでくる。

上品に髪を巻いた陽菜子よりも少し年若い女性がワイングラスを二つ持って微笑んでいた。

「あ、小春《こはる》さん。ぼくの同期の望月です。望月、こちら大河内《おおこうち》さん。じいちゃんの友達の、お孫さんなんだ」

「はじめまして、望月陽菜子です」

「大河内小春です。あの、よろしかったらこれ、どうぞ」

そう言って手にしていたグラスを和泉沢と陽菜子に差し出す。そのとたん、和泉沢の頬がぽっと赤く染まって急に挙動が不審になる。

「わ、ごめんなさい、わざわざ。ていうか、待たせてましたよね」

「いえ、こちらこそお邪魔しちゃって。楽しそうだったんで、つい」

「そんな！　全然、邪魔だなんて！　ね、望月！」

――これは。

ピンと、くる。

入社してから何度も和泉沢には女関係の相談を持ち込まれてきた。焦がれる女性たち――その大抵がわりとろくでもなかったりするのだが――のことをうっとり話す、和泉沢の顔は何度も見せつけられている。

それと、同じ。

わずかに潤む和泉沢の瞳は、まぎれもなく恋する男のものだ。

「あの、わたしは自分でとってくるので。それは大河内さんが召し上がってください。和泉沢と一緒に」

「え？　でも……」

「とりあえず奥様にもご挨拶しないと。お気遣いいただいたのにすみません。またあとでお話しさせてくださいね」

「あ、ばあちゃんなら家の中で料理つくってるよ。案内しようか？」

「だからいいって。あんたは大河内さんと飲んでなさい」

なるべく早口にならないよう、感じ悪くならないよう気をつけながら、なにげなさを最大限に装う。

ヒールを履いているせいか陽菜子より十センチばかり背の高い小春だったが、百八十センチを軽く超える和泉沢の隣に立つと小柄に見えるほどで、顔の大きさもあまり変わらない。やわらかそうで、優しそうで、まちがっても陽菜子みたいに毒を吐きそうにない美人。誰が見てもお似合いだ。

なんだか急に寒さが身に沁みて、陽菜子は二人に背を向け、開け放たれた玄関へと向かった。

陽菜子が家に上がるのと、会長夫人が盆に載せた料理を持ってベランダから庭へ下りるのとがほぼ同時で、行き場を失った陽菜子は手土産の山に自分のそれをそっと添えると、ソファに腰かけた。

飲み物をとってきてくれる、と言っていたはずの穂乃香は、見知らぬ御仁に囲まれて笑顔をふりまいている。身なりから察するにそれなりの立場にある人たちだろう。営業をかけているのか、人脈をつくって後々の任務につなげようとしているのか、いずれにせよその抜け目なさには感心する。男たちはすっかり穂乃香に骨抜きにされている。それでいて、周囲の女性陣に反感を買わないよう計算し尽くされた、穂乃香の絶妙に控えめなしぐさには尊敬の念を覚える。同じくノ一でも、陽菜子にはどうしてもあれができない。というよりもやってもあまり効果がない。

――平和だなあ。

会社の行く末をかけて奔走した日々が夢のようだった。

――お前は永遠に日陰の存在として生きていけ。決して目立つな。里との関わりを一切絶て。もし約束を破ればお前を社会的に抹殺する。

頭領だった父は、最後に会ったあの日、そう言った。実の娘だろうと一切の容赦はしない、もしその禁を破れば父は陽菜子をどんな手を使ってでも追い込むだろう。むしろ無事に里から出してくれただけ温情だ。わかっていたから陽菜子もそれを守り続けてきた。

けれど陽菜子は、それを破った。

ほとんどためらうことさえなく、あっさり忍びの道へと舞い戻った。

すべては和泉沢と、彼が守りたいと願う会社のために。

あんなにも憎んでいた忍びの術を使い、人を欺く諜報員として役立つ道を選んだのだ。

――珍しく、いい子そうじゃない。

和泉沢に負けず劣らず育ちの良さそうな彼女が、玉の輿狙いで和泉沢に近づくとも思えない。たしかこの三月で和泉沢も三十一になるはずで、そろそろ決めた相手の一人や二人いてもいいころだろう。ちなみになぜ誕生日まで知っているかというと、入社が決まったばかりのころに、「うわあ、望月さんも三月生まれなの？　ぼくもなんだよ。ねえねえ、せっかくだしお近づきのしるしに一緒にお祝いしようよ」などと小学生のようなことを言って騒いだからだ。和泉沢は本当に出会ったころから変わらずずっとうっとうしい。そんな和泉沢が陽菜子は出会ったころから大嫌いだった、はずなのに。

――そんなに好きか、あの男が。

冷たい刃のような声がよみがえる。

そんなんじゃない、と陽菜子は奥歯を嚙みしめる。

わたしはただ、守りたかっただけだ。そう胸の内でつぶやいて反論する。和泉沢の願うばかみたいに優しい、理想の世界を。陽菜子には決して手に入れられない、あたたかい日常を。

それなのにどうして、こんなにちりちりと胸の奥がひりつくのだろう。

痛みをおしこめ、小さく息をついたそのとき。

「……戦場《いくさば》ならとっくにその首は落ちているな」

と、しゃがれた声が頭上に響いた。

唐突に放たれた殺気に、一気に全身が粟立つ。けれど迂闊に動くのは危険だと、張りつめた空気が告げていた。首筋に、何かを突きつけられているのがわかる。一ミリでも動けばそれが陽菜子の動脈を貫くであろうことも。

「まったく、珍しく気骨があるのを見つけたというからどれほどのものかと思えば、とんだ肩すかしだの。あんた、本当に里の者かい？」

空気がゆるみ、首筋から危険が離れたのを感じると、陽菜子はすばやく飛び退《しさ》ってその声の主に向き合った。

――全然、気づかなかった。

背後をとられて、急所を狙われたのに。

わずかの気配も感じなかった。

脇の下がぐっしょりと濡れているのに、手袋をしたままの指先は氷漬けにされたように冷えている。

そこにいたのは、きれいな白髭をたくわえた白髪の老人だった。会長よりもやや小柄で、歳は同じ頃のように見えるが、細身のジーンズを穿きこなしているせいかずいぶんと若々しく気安い印象を与えた。だが、眼鏡の奥からのぞかせる眼光の鋭さは只者ではないことを告げている。

「あのお嬢ちゃんのほうがまだあんたよりはマシだな。どれだけ隙をついても、急所は狙えんかった。そのかわり、武器は奪ってやったがな」

ひょっひょっ、と愉快そうに笑う老人が手にしているのは、今朝穂乃香に見せてもらったばかりの仕込針だ。陽菜子の首筋に突きつけられたものの正体もそれだろう。穂乃香の姿を視認するも、気づいた様子はない。

――嘘でしょ。

戦国の世が終わりを告げるとともに役目を失った忍びは、その多くが市井に紛れ、諜報員として生き延びる道を選んだ。里で課せられる訓練も、命をかけるほどのものではなくなったとはいえ、現代にも厳しく引き継がれている。平和ボケしている陽菜子と違って、穂乃香は里の命を受けて第一線に立つ現役の忍びだ。ちょっと腕が立つ程度の老人に太刀打ちできる相手ではない。

「……何者ですか」

「ただの参加者だよ。あんたと同じ、この新年会のな」

「ただの参加者は人の命を狙ったりしません」

「狙ってなぞおらんわ。その証拠にあんたの首はちゃんとつながっとるだろ。あたしはただ試しただけだ。あんたの実力がどの程度のもんかをな」

だがつまらん、期待外れだった、と老人は仕込針を指先だけで曲げてしまう。

ようやく引いてきた汗に、陽菜子は呼吸をととのえる。

「どうしてわたしのことを？……まさか会長が？」

「そんなに口の軽い男じゃない。あれとの付き合いが長いことは否定せんがね。……ほれ、そんなところに突っ立っとらんと座らんか。うまい日本酒があるんだ、つきあっとくれ」

そう言って老人は、軽やかな足どりで陽菜子の脇をすり抜け、贈答品の山から一升瓶を引き抜く。まるで我が家かのような自然さで食器棚からペアの切子グラスをとりだすと、陽菜子の前にでんと置き、日本酒をなみなみ注いだ。

――本当に、何者なの。

油断を捨てたいまの陽菜子に隙などどこにもないはずだ。それなのにこの老人は、いとも簡単に間合いを詰めて、入り込んでくる。

懐が、熱い。

わずかでも気を緩めれば、一瞬で斬り捨てられてしまう。そんな予感が肌を突く。

「呑まんか。心配せんでも、毒なんぞ入っとらん」

グラスを鼻先にぐいと押し当てられ、陽菜子は警戒心は保ったまましぶしぶ受け取った。どうやら本当に害意はないらしい。

「……お名前は」

「人に名を聞く前にまず自分から、ってのは今時じゃないんかね。時代も変わったもんだのう」

「望月陽菜子です。お名前は」

「大河内だ。よろしくな、お嬢ちゃん」

名前で呼ぶつもりがないなら聞くなよ、と内心毒づきながらグラスに口をつける。一口含むと、爽やかなのに芳醇な甘みのある香りが口の中いっぱいに広がった。たしかに、おいしい。

大河内は、すっかりくつろいだ様相でさっきまで陽菜子が座っていた場所に引っくり返る。顎をしゃくられ、しかたなしに陽菜子もその隣に腰を下ろした。

「大河内、ってことは、小春さんの祖父君《ぎみ》ですか」

「おお、小春に会ったか？　どうだ。あんたのライバルにしちゃあ、ずいぶんと手強いだろう。あたしが言うのもなんだが、あいつはなかなかのもんだからな」

「ライバルって、なんのことです」

「あんたは、創のことを好いとるんだろう?」

「そんなんじゃありません。彼はただの会社の同期です」

「ほう? じゃあなんであんたはここにいるんだ」

「そんなの、会長に呼ばれたからに決まってるじゃないですか」

「そうかい、そうかい。ま、言われてみりゃあ、あのへなちょこに惚れるような物好きはうちの孫くらいなもんかね」

惚れる? ――小春が?

その言葉の意味を深追いしかけて、また胸の奥がひりついた。そんな痛みに惑う自分は知りたくない、と陽菜子は、大河内の戯言は無視することに決める。

「あなたは、会長のご友人なんですね」

「兄弟分と言ったほうが正しいか。あたしのほうがあれより六つは年上だ」

「え、てことはもう九十超えてらっしゃるんですか」

「ぎりぎり八十代だよ。まあ、どっちでも老いぼれであることには変わりない。だが、あんたよりは耄碌《もうろく》しとらん。まだまだ現役でも通用するかねえ」

いじわるく横目で陽菜子を見据え、返事に窮したのを認めると、またも楽しげにひょっひょっと笑う。会長より、ずいぶんいい性格をしているらしいと陽菜子はグラスをあおった。

「あなたも里の出なんですか」

「さてねえ。一通りの忍術は学ばせてもらった、とだけ言っておこうか。はるか遠い昔のことだがね」

唇の端だけで笑う大河内の、空になったグラスに日本酒を注ぐ。

ただ酒を酌み交わしているだけなのに、なぜだか全身の血液が脈打った。小さな呼吸を繰り返して湧き上がる畏怖を鎮めるも、額に汗が滲んでしまう。

「だからそんなに気張りなさんな。力みすぎても空回るだけぞ。あんたの里ではそんな基本も教えてくれんのか」

もっともな指摘に黙り込むも、だからといって簡単に力が抜けるはずがない。

「わたしに、なんの御用ですか」

「用ねえ。ま、しいて言えば礼の一つでも言ってやろうかと思っての。あんた、IMEの窮地を救ってくれたんだろ?」

「……救った、ってほどでは」

「あたしは今、経営コンサルタントっちゅーもんをやってての。IMEにも多少の口出しをしとるんだ。社長が亘《わたる》の馬鹿に代わってからは、ほとんど実権を持っとらんが、與太が生きとるうちは金が入る。そのためにもＩＭＥには頑張ってもらわなきゃ困るという、まあそういうことさね」

「はあ……」

「だがなあ、腑抜けたあんたにできたっちゅうことは、敵も大したことはなかったということだな。逆を言えば、あんたにさえできることができんＩＭＥの社員がそろいもそろって低能だってことでもあるが」

豪快にグラスを空けると、大河内は今度は自分で酒を注いだ。あんたも自分で好きに呑みなさいよ、と陽菜子に瓶を押し付ける。

「……腑抜け、ですか」

「違うかい？　九十近いじじいに後ろをとられるような忍びに、反論の口があるとは思えんがね」

その物言いに、どこかの誰かを彷彿とさせられて、陽菜子は怒るよりも落ち込むよりも先に、拗ねたように口をへの字に曲げた。

「わたしは、里を抜けた身なので。これからも忍びに戻るつもりはないんです」

「ほう？　だからあたしに術負けしても仕方がないと、そういうことか」

「そういう意味では……」

「じゃ、どういう意味だね」

——こういう揚げ足とるところもあいつみたい。

もしかしてどこかの誰かも遠い未来にはこんな偏屈じじいになるのだろうか、ああ確かになりそうだ、うわあいやだ、絶対に近づきたくない、関係を断ちたい。問答から逃げるように脳内で愚痴を垂れながら、陽菜子はグラスを口に運んだ。

——というか、忍びってやつは、みんなこう。

己を律し、言い訳を許さず、自分の腕を磨くことのみに邁進する。

落ちこぼれの陽菜子は、里の誰からもいつだってこうして責めたてられた。なぜできない。なぜ努力しない。なぜそんなだめな自分で満足できる。里を抜けると決めたあとは、怒りと侮蔑をないまぜにして陽菜子を追いつめた。そうやっておまえはいつも楽な方へと逃げる。里でいったいなにを学んできたのだ、忍びとして、人としての誇りはないのか、と。

そんな里の連中に、陽菜子はいつも思っていた。

逃げてなにが悪い。

できないことをできないと言うことのなにが罪だ。

里に生まれたから、ただそれだけで人の未来を縛り、勝手に期待して責めたてる、おまえたちに罪はないのか。

——だから、抜けた。

あんな場所にこれ以上いたら、自分が自分でなくなってしまう。そう思ったから。

そんな陽菜子の葛藤を知ってか知らずか、大河内は、

「つまらんのう」

と、気の抜けた声を吐いた。

「與太はあんたのどこをそんなに見込んだのかねえ。忍びとしてだけじゃない、あんたは人としても腑抜けとる」

「そんなこと、初対面のあなたに言われる筋合いはありません」

「初対面だろうがなんだろうが、見てりゃわかるさ。あんたにはなんの覚悟もない。好いた男を懸けて戦う覚悟も、忍びとして生きる覚悟も、忍びである自分を捨てる覚悟も、なにもかもな」

はぁ〜つまらんつまらん、と、またも空になったグラスを今度は満たそうとはせず、大河内は静かにテーブルに置いた。

「あんたの主《あるじ》はいったい誰だい。なんのために、誰のために、あんたは毎日を生きとるんかね」

「主のないもんにあたしは興味はないよ。久しぶりに、若いもんと話ができると思ってそれなりに浮かれとったんだがね。ま、これっきりにしよか。ないもんを出せと詰め寄るのもちと酷だ」

そう言って大河内は、卒寿が近いとは思えない身軽さでソファをひょいっと飛び越え着地した。手にはしっかり、一升瓶を握っている。

「もしもあんたが主を見つけられたら、そのときにまたお話ししましょ。名刺のアドレスに連絡しなさい。でも見つからないうちに連絡して来るんじゃないよ。あたしもそんなに暇じゃないんでね」

「名刺？　って、え……あ」

ダウンのポケットから飛び出していた角をつまむと、「キャリアカウンセラー／経営コンサルタント　大河内信正」と書かれた名刺が一枚あらわれた。

──いつのまに。

大河内の手元からは目を離していなかったはずなのに。

あまりの気配のなさにぞっとする。たしかに彼の言うとおり、ここが戦場なら陽菜子はとっくに首を落とされている。おそらくは、斬られたことさえ気づかぬままに。

名刺を持つ手が、小さく震える。

それが恐怖なのか怒りなのか、陽菜子には判別できなかった。できないままに、庭にいる面々に酒をついでまわる大河内の動きを目で追う。なんの変哲もない、ただの爺だ。だけどどれだけ探っても、その身のこなしに隙が一つも見つからない。

――お前の主は誰だ。

耳元に、ひやりとした声が響いて心が凍《い》てる。

老人の背後に、別の顔がちらついた。陽菜子をとらえて離さない、呪いの源のような男の顔が。

――そんなこともわからない奴に俺は語る言葉を持たないし、用もない。

その威圧的な物言いも傲慢な振る舞いも、大河内は彼にそっくりだった。

――どうして答えられないの。

和泉沢だと、言えばよかったのかもしれない。あるいは会長や、ＩＭＥそのものだと。だって陽菜子はそのために動いた。彼らの掲げる理想を守りたくて、禁じていた忍術に手を出した。あのとき、あの瞬間、陽菜子の主は確かに彼らだったはずだ。自分でもそうと認めていたはずではないか。

けれど。

一生を捧げる相手なのかと、問われれば違うと答えるしかない。

そもそも、決められた主のために身を捧げる忍びの生き方を否定したから、陽菜子はいま、里を抜けてここにいるのだ。

唇を嚙みそうになるのを、こらえる。

スカートの裾を握りそうになる指先を止める。

そんなことをすれば感情があらわになる。誰が見ているかもしれないのに、内面を発露するわけにはいかない。この期に及んでそんな理性が働くほどに、忍びとしての習性が心底染みついている自分がいやだった。

――わかんないよ、そんなの。

忍びにもただの人にもなりきれない。それでも自分が守りたいと思うものくらいは守れるようになりたい。そのために力をつけようと肚をくくったはずなのに。

他人の一言で、いまもこんなに揺れてしまう。

自分はどこまでいっても腑抜けで中途半端なのだと、陽菜子は宙をあおいだ。飲み込んだ唾がぐっと音を立て、咽喉の奥へと沈んでいった。

「ねえねえ、望月。パーティ行かない？」

連休明けの午前中は忙しい。ただでさえ時差があるというのに祝祭日の異なる海外から長ったらしい英文メールが来ているのを確認するだけで体力が根こそぎ奪われる。パソコンを睨みつけていた陽菜子は、聞き覚えのあるその声の主を一瞥することもなく反射だけで返事する。

「いきなり人の部署にやってきてなに浮かれたこと言ってんのよ、このすっとこどっこい。一人でどこへでも行ってくればいいじゃない」

「まったく望月ってば、それは言葉の暴力だよ？　そろそろぼくだって傷つくよ？　せめて会社ではもうちょっと気遣ってくれてもいいじゃないか。いちおうぼくのほうが立場も上なんだから」

「あんたが傷つこうが泣こうがわたしには関係ないし、上司でもなくなった無関係のあんたに遣う気があれば森川《もりかわ》さんにまわすわ。で？　なんの用？」

「だーからあ、パーティのお誘いだってば。あさっての木曜、十九時からなんだけど」

「行かない。以上。はい、さよなら」

「ええーっ、ひどい！　なんのパーティかくらい聞いてくれてもいいのに！」

「聞いたところで答えは一緒だと思うけど」

「うわあん、望月ってばー」

「……なんていうか、課長はあいかわらず安定してますよねぇ。久しぶりに二人の掛け合い見てたら和んできました。うちの部署の風物詩でしたもんね」

パソコンの画面から目を離さない陽菜子と、その肩をつかんでゆさぶる和泉沢をなまぬるい目で見守りながら、後輩の宮原鞠乃《みやはらまりの》がしみじみつぶやく。陽菜子はそこでようやく顔をあげた。

「まりちゃん、やめて。コンビみたいに扱わないで」

「でも望月さん、敬語を使わなくなったせいでますますコンビみたいですよ」

「だってもう上司じゃないから。こいつだってわたしのこと、さんづけしなくなってるし。ていうか部下のときにさんづけして、そうじゃなくなったら呼び捨てってふつう逆じゃない?」

「なにをいまさら。課長にふつうを説いたって無駄なことくらい、望月さんが誰よりわかってるじゃないですか」

鞠乃は他人事のように軽快にキーボードを打ち鳴らす。

「宮原さん、ぼくはもう課長じゃないよ。いまは室長。課長なんて呼んだら森川くんに失礼だよ」

「元課長はなんというか、相変わらずピントがずれてますね。お変わりなくて結構なことです」

「宮原さんは？　その後、変わりない？」

「はあ、その後といいますと、元課長が異動された後ということでしょうか。すこぶる快調です。課長がいなくなった穴なんて微塵も感じないどころかむしろ山が二つ三つできてるくらいですし」

「そうかあ、つまりは森川くんが頑張ってるってことだね。彼はぼくよりずっと優秀だもんなあ。すごいなあ。……って、森川くん、なんてぼくも失礼か。彼のほうが年上だもんね。森川さんって呼ばなくちゃ」

「いったいなに食べてどう育ったらこういう珍妙な生き物ができあがるんですかね、望月さん」

「わたしに聞かないでよ」

「だって望月さんは元課長の専属調教師じゃないですか」

「いやもうマジでやめて。ほら見て、鳥肌立っちゃった。……ちょっと和泉沢、いつまでそこに突っ立ってんのよ。仕事の邪魔だから用が済んだらとっとと出てってって」

「ええっ、まだ話は終わってないよ！」

「だから行かないって言ったでしょ⁉」

「……望月。お前、早めに昼飯食ってきたらどうだ。今日はそんなに仕事詰まってないだろ」

巧妙に仕込まれた言葉のとげが、陽菜子の背中をちくりと刺す。

ふりかえると、出社前に外回りを済ませてきた森川が、寒さのせいか耳を真っ赤にして立っていた。「お久しぶりですね、和泉沢さん」と表向きは柔和に微笑む彼が、腹の底でたぎらせているものの正体に気づけるのは陽菜子だけだ。当の和泉沢でさえ――というより和泉沢がいちばん気づくはずもないのだが――のほほんと頬を緩ませる。

「森川さん、元気そうだねえ。調子はどう？」

「おかげさまで。……ほら望月、とっとと行け。和泉沢さんを待たせるな」

「いやあの、でも、わたしまだメールのチェックが」

「緊急なのか？」

「や、緊急ってほどでは。でも早いに越したことはないし、それに……」

「緊、急、なのか？」

――うっわあ、怒ってる。

理不尽だ。この上もなく、不条理だ。

そう主張したくても、できるはずがない。森川が心の底から和泉沢を嫌いぬいているることを知っているのは、先の買収騒動にからんだ陽菜子だけなのだ。

「……わかりました。いってきます」

財布を持って立ちあがる陽菜子を、宮原をはじめとする課の面々が、同情とおもしろがる気持ちをごたまぜにした表情で見送ってくれる。

本当に、（元）課長は望月さんが大好きね。

どの目もそう告げているが、そこに艶っぽいものがかけらも存在しないことは誰しも理解していることだ。

――もうやだ、この役回り。

うわあいランチだ！と尻を軽く振っている和泉沢のうしろ姿を見ながら、そろそろ階段から突き落としても誰も責めたりしないんじゃないか、と陽菜子はがっくりうなだれる。

「ねえ、望月。なに食べる？　李桃庵《りとうあん》が正月の特別御膳出してたよ。ぼく、奢るからさ。なんでも好きなもの言って」

「いや、いい。奢られたら、あんたの頼みを聞かなきゃいけなくなるじゃない。ていうか一介の会社員がランチに三千円以上の和食コースは食べないから。そんなこと言ってるからボンなんて言われんのよ」

「そのボンって……」

「坊ちゃんじゃないからね。ぼんくらだからね。どっちもろくでもないけどね！　さ、ちょっと歩くけど、タイ料理食べに行くわよ。新しくオープンしたの、年末にビラもらってから気になってたのよね」

ＩＭＥは大手町《おおてまち》のオフィス街にあり、時間があれば神保町《じんぼうちょう》まで歩いていくこともできるために、昼も夜も食べる場所には事欠かない。十分ほど歩いてたどりついたその店の看板には、みみずがうねったような文字が描いてあるだけで和名がどこにも記されていなかった。首をひねっていると和泉沢が「アロイ・マーク、って書いてある。とってもおいしいって意味だよ」とあっさり教えてくれる。おまえタイ語も読めるのか、と一瞬羨望のまなざしを向けそうになるも、悔しいので、ふうんとうなずくだけにとどめておく。

「じゃあわたし、カオマンガイのセットで」

「ぼくはパッタイでお願いします。なんだかいいにおいがするねえ。望月って、おいしいお店さがすの上手だよね」

「それはどうも。……で？　パーティっていったいなんの話？」

「え、行ってくれるの？」

「とりあえず聞くだけよ。とっとと話しなさい」

「あのねえ、いちおうビジネスの話なの。ぼくはいま、水素エネルギーの開発をしてるでしょう？　今度、上海の科学技術研究所と一緒に仕事をすることになって。そこの偉い人と会わなきゃいけなくなったんだ」

「……はあ」

「それで、まずは明後日、中国大使館で行われる新年パーティに遊びに来てくださいっていうご招待を受けたんだよ。それに一緒に行ってほしいの。ぼく一人で行くつもりだったんだけどさ、どうやら女性同伴が一般的らしいんだよねえ」

「それでなんでわたしなのよ。関係ないじゃない。同じ部署の人を連れていけば？」

「めんどくさいし忙しいって断られちゃった。そこを押して頼みこむほど、まだ親しくもないし。それにね、今回はほんとにただ挨拶に行くだけなんだ。だから連れは社外の人でもいいくらいなんだよ。部外者だって気にする必要もなくて、ただちょっとおいしいものを食べに行くくらいの気持ちでいてくれればそれでいいの」

うわあ、思っていたよりもめんどくさい。

と陽菜子は顔をしかめてみせた。気にするなと言われても、大使館ともなればいつものスーツなんかじゃなくて、それなりに華やかな格好をしなくてはいけないし、いくら無関係だといっても会社の看板を背負っていくのだ。立ち居振る舞いにもふだん以上に気を遣わなくてはいけないだろう。できるできないではなく、気疲れしそうで心の底から面倒だ。

「社外でもいいなら、誰かお目当ての人を誘えばいいじゃない。たとえば、……小春さんとか」

「そんな迷惑なことできないよ！　わざわざつきあわせるなんて悪いもの」

お目当て、というところは否定しないのか。鼻白みながら陽菜子は、あえて冷ややかな視線を返してやる。

「なによ、わたしには迷惑かけてもいいっての？」

「えっ、あ、いや、そういう意味じゃなくて！　ほら、いちおう望月は同じ会社の一員だし、それに、それに……」

「それに？　なによ、言いなさいよ」

「えっと……だってぼくたち、……友達でしょう？」

「ひっ、ちょっとそれもじもじしながら言うこと？　気色悪い！」

あまりのぶりっこぶりに、素で悲鳴が飛び出す。いったい、いつから友達になったというのだ。友達といえなくもない、と思ったことはあるけれど、あんなものはただの気の迷いだと陽菜子は仏頂面を浮かべる。第一、プライベートで連絡をとりあうこともほとんどないのに。

もう一声文句をつけようと思ったそのとき、ナンプラーの甘辛い香りが鼻孔をくすぐった。「オマッセシマッター」と店員が陽気にランチプレートを運んでくる。山盛りのパクチーに思わず相好を崩しているうちに、声を荒らげるタイミングはすっかり逸してしまった。和泉沢はといえば「だめかなぁ？」と潤んだ瞳で、小首をかしげながら陽菜子を見上げている。本当に、気色が悪い。

陽菜子は深々と息をついた。これ以上話を長引かせるのも面倒だったし、おいしいものをくさくさした気分のまま食べたくもない。

「………わかったわよ。行けばいいんでしょ、行けば」

「ほんとに⁉　やったあ、さすが望月！」

「あぁもう、うざい。最初から引くつもりなんてなかったくせに。……あんたってさ

あ、無邪気な顔してけっこう押しが強いのよね。ていうか自分の希望は押し通すよね。

ほんっと、いい性格してるわ」

「ふへへ、そういう望月は案外、押しに弱いよねえ。面倒見がいいっていうか優しいっていうかなんていうか」

「……ぶっ飛ばすわよ？　それ、あんただけは絶対に言っちゃだめなセリフだからね？」

こうなるからいやだったんだ、森川さんさえ帰ってこなければ適当にいなして追い返したのに、と陽菜子はぶつぶつ文句を言う。

けれど、うんざりはしているものの、決して不快なわけじゃない自分の感情が不思議だった。あまりのばかばかしさにむしろ心が軽くなってくる。そうしてはじめて、陽菜子は自分がこの連休中ずっと落ち込んでいたことを思い出したのだった。

──本当に、困ったやつだわ。

和泉沢にはいつも調子を狂わされてしまう。

それがいいことなのか悪いことなのか、陽菜子には全然、わからないけれど。

六本木ヒルズを抜けた元麻布《もとあざぶ》の一角に中国大使館はそびえている。門前でパスポートをチェックされながら、一歩足を踏み入れればそこは海外にいるも同然なのだと身がひきしまる。出張で何度も海外は赴いているし、大使館に足を踏み入れたこともないわけではなかったが、パーティに参加するのははじめてだった。

——穂乃ちゃんから、ワンピース借りといてよかった。

男性のほとんどは地味なスーツ姿だが、女性は老いも若きも一様に華やかだ。わかりやすく豪奢ないでたちの人は少ないが、シンプルな装いだからこそ、その価値も際立つ。

「そのMAX&Co.のワンピ、七万したんだからね。もちろん、汚したら買い取ってもらうからねー」

と微笑んでいた穂乃香が、むしろ汚してくることを期待しているのは明らかだった。

埃ひとつつけるもんか、と意気込む陽菜子だが、そういえば中華料理はだいたい油ものばかりだと思い出して一抹の不安がよぎる。

「そういえば和泉沢って、中国語は話せるの？」

「うん、まあ北京語と広東語はね。でも、商談はむりだよ。専門用語は全然わからないもん」

「まえ、アラビア語も話してなかったっけ。ていうか、おとといはタイ語も読んでたよね？」

「ちょこっとだけだよう。多少読めたり挨拶したりできるくらい。話せるのは、英語とスペイン語とドイツ語と、あとはフランス語を少しかな？」

「……あんた、理系出身よね。いったいなんでそんなことになってんの」

「うーん、なんでと言われても……。あ、でも、英語ができればドイツ語もすぐに覚えられるよ。ルーツが同じゲルマン語だから。スペイン語とイタリア語とフランス語はラテン語で、やっぱりしくみが似てるし。中国語の文法もね、英語みたいなもんなんだ。数式やパズルを解くみたいで、はじめてみればそんなに難しくないよ」

「あんたってほんと、ときどき本気でぶちのめしたくなるようなこと言うわよね」

「ええっ、どうしてさ⁉」

いままで友達らしい友達ができたことがない、と以前に言っていたが、さもありなんと納得する。そんなに簡単にできれば誰だって苦労しない。三歳児のような行動ばかりとる普段の姿を見せつけられていれば、そのギャップにときめくというよりもむしろ、世の不条理さに頭を抱えたくなってくる。

ウェルカムドリンクのシャンパンを受けとり広間に入ると、すでに数十人が集まっていた。基本的には日本に駐在している中国系企業のビジネスマンや、役人や学者などの社交場らしいが、和泉沢のように招待されている人間も少なくないようで、欧米人から日本人まで国籍問わず交流している。飛び交う言語も中国語に限らず、日本語、英語とさまざまだ。

「ぼくたちが会う劉《りゅう》さんは、ご両親のどちらかが日本人なんだって。日本語も話せるって聞いてるから、あんまり気負わなくていいよ」

「わたしはあんたの隣でにこにこ笑っていればいいのよね?」

「うん。ま、仕事のことも聞かれるだろうけど、そのあたりは適当に。……あ、あそこにいるの、野方《のがた》自動車の部長さんだ。ちょっと挨拶してくるね。望月は……」

「そのへんで待ってる。必要そうなら呼んで」

「うん!」と元気よく返事をして向かう姿は、まるで遠足に出る子供のようだったけれど、タキシードを着た欧米人や恰幅のいい貫録のあるおじさま方に歓迎されて堂々と会話を始めている姿は、なんだかとても仕事のデキそうなビジネスマンに見えてくる。実際、どれだけ抜けていても骨がないように見えても、同じ部署にならない限りは「かわいい♡」の一言で済まされる。鞠乃だって、一緒に働くまではあわよくばと思っていた、母性本能をくすぐるタイプとか思ってたあの頃の自分を殴りたい、と言っていたほどだ。

——そういえば、うちって野方自動車とも業務提携してるんだっけ。

国内シェアは第三位、といまいち伸びきらないものの、水素エネルギーを利用したエンジン開発にはかなりの力を入れている。最近でも四川(しせん)に置いた工場の拡大工事に着手した、とニュースになっていたから、中国との関係は深いのかもしれない。

調度品を鑑賞するふりをしながら耳をそばだてていると、不意に空気が揺れたのを感じた。電車で痴漢を見つけたときと同じ、違和感。

小さく息を吐いて、全身の力を抜く。――そんなに気張りなさんな。力みすぎても空回るだけぞ。そう、確かに大河内の言うとおりだ。気配を捉えようと焦るほどに、それは陽菜子から逃げていく。雑念も、身体感覚もすべて捨てて、いまある空間に身体を溶け込ませる。

――いた。

距離にして、歩測十五。きっとわざとだ、と陽菜子はその相手を睨み据えた。陽菜子が気づくかどうか試した。そうでなければ彼の気配を陽菜子がこんなにはやく察知できるはずもない。いったいいつからそこにいたのだろう。

いまどき珍しい七・三分けの髪形に飾り気のない銀縁眼鏡。眼光が鋭いというよりもただ目つきが悪いだけにしか見えないその男は、陽菜子と視線がぶつかると、シャンパングラスを片手に歩み寄ってくる。足音ひとつしない見事な抜き足。気配の消し方も完璧だ。もしかしたら周囲の誰も、そこに彼がいるということにさえ気づいていないかもしれない。

「随分とご機嫌だな」

「……何してるのよ、こんなところで」

「俺は外務省の人間だぞ？　大使館にいて何がおかしい」

向坂惣真《さきさかそうま》。陽菜子の幼なじみで、八百葛の里を担う次代の頭領。

この世でいちばん会いたくない男が、そこにいた。

2

胸ポケットからとりだした布きれで眼鏡をこすりながら、惣真は鋭い目をさらに細めた。

「それにしても驚きだな、お前が俺の気配に気づくとは。垂れ流しの脳みそに、少しは栓をするすべを覚えたか」

「あいっかわらず口が悪いわね。って、わざとじゃなかったの？」

「なんの話だ」

「え、ちがうの？」

「だからなんの話だ。お前の言語能力が不自由なのは知っているが、せめて主語と目的語を使え。だいたい」

「あー、はいはい。わかりました。ごめんなさい。すみません」

始まりかけた小うるさい説教をむりやり遮断すると、惣真は心臓を抉るようなまなざしを陽菜子に向けた。ここが大使館じゃなければ拷問にかけられていたかもしれない、と震えかけるが、今はそれよりも自力で気配を見破れた喜びのほうが先立った。

こんなことは、里で修行に明け暮れていたころだって一度として体感したことはない。大河内と対峙したせいで、無意識に感度が鋭くなっていたのかもしれない。

ゆるみそうになる頬に力をこめ、背筋をぴんと張る。

惣真と会うのも、松葉商事との一件以来だ。黒幕だった惣真は、陽菜子を利用しようと七年ぶりに近づいてきた。いまだって偶然のような顔をしているが、本当のところがどうかはわからない。

けれどそんな逡巡を見透かしたように、惣真は小さく鼻を鳴らす。

「そう頻繁にお前に接触するほど俺は暇じゃないし、手駒も不足していない」

「手駒って。他人がみんな、あんたのために動く道具だとでも思ってるわけ？」

「勘違いするな。俺自身、手駒のひとつだ。忍びとは本来、そういうもの。そんなことも忘れたか。せっかく栓をしても肝心の容器が穴だらけじゃ世話ないな」

「……だったら駒は駒らしくもっとしおらしく謙虚になってみせたらどうなのよ」

「駒の種類にもいろいろある。優秀な人材が指揮官となって雑兵の上に立つのは当然だろう?」

「その雑兵に、前回は足をすくわれたくせに」

「まぐれあたりを実力と勘違いするから、雑魚《ざこ》は犬死にするんだ。お前こそあいかわらず物の道理を何一つわきまえていないな」

はたから見れば、二人そろって無言で調度品を眺めているように見えるだろう。唇を動かさず、わずかな隙間からほとんど呼吸に近い声で言葉をかわす。同じ里で、ときにはペアを組んで訓練に励んできたのだ。いくら陽菜子が抜け忍《ぬけにん》――里を捨てた元忍びで、実力の差が天地ほどあるとしても、これくらいの応酬はたやすかった。

だがそれにも飽きたというように、惣真は、ぎょろりと瞳を動かし陽菜子を冷たく見おろす。

「お前がいるなら好都合だ。あそこでへらへらしているぼんくら息子を連れてこい。俺に紹介しろ」

「は⁉ なんで。なんの用でよ。あんた、あいつのこと嫌いじゃない」

「俺は好き嫌いで行動の区別はしない。感情でしか生きていないお前と違ってな」

「……それが人にものを頼む態度なの？」

「頼んでなどいない。紹介しろと言っている」

「そんな高圧的な命令を、どうしてわたしが聞かなきゃいけないのよ。穂乃ちゃんと違ってわたしはあんたの手下《てか》じゃないんだからね」

「お前が術に手を出したこと、俺の独断で頭領への報告を控えている。どういう意味か、わかるな？」

涼しげな横顔を、陽菜子は思わず睨みあげる。

たしかに何の音沙汰も制裁もないことを不思議には思っていた、が。

「あのあと、調子に乗ってまた術を使っただろう」

「なんで知って……！　ていうかあれは穂乃ちゃんが！」

「言い訳は頭領の前でするんだな」

胸元から惣真がとりだしたスマホの画面に映っているのは、まごうことなき変身術を駆使した陽菜子の姿だった。だからなんでそんな写真！と騒ぐこともできず、ぐぬぬと黙り込む。

なんでもなにも、穂乃香が報告したに決まっている。松葉商事の一件が片づき、心配をかけたお詫びをしろとなかば脅しをかけるように穂乃香に迫られ、飲みに連れて行かれたときに、穂乃香が撮った写真なのだから。思い出してみればあのときは、穂乃香に乗せられ無理やり術を使わされたのだ。「ヒナちゃんの変身術、あたしもまた見たーい。惣ちゃんだけなんてずるーい。あたしだっていろんな装備貸したげたのにー」とかなんとか言って断るタイミングを与えられず……。

——グルか！　もう！

陽菜子程度でも、いずれ利用できるときがくるかもしれないと泳がせていたのだろう。陽菜子はいつだって、惣真の掌の上にいる。

「わかったら早くしろ。俺の一秒はお前の一時間よりも重いんだ」

「……だい、」

嫌いと言いかけて口をつぐむ。この流れでそれを言っては、ますます馬鹿にされるだけだ。おさえようのない屈辱だけが腹の底に積もっていく。

見れば、ちょうど和泉沢のほうも会話に区切りがつくころらしかった。野方自動車のお偉方も、飲み物のおかわりを探して視線をうろつかせている。

「……和泉沢、ちょっといい？」

隙間をついて、陽菜子は和泉沢だけを惣真のもとへと連れ出した。

「こちら、外務省にお勤めの向坂さん。昔の知り合いなんだけど、あんたのこと話したら挨拶したいっていうから」

「はじめまして、向坂です。お噂はかねがね」

「和泉沢です。……ええと、噂？　望月、外でぼくの話なんてしてるの？」

「するわけないでしょ。ばっかじゃないの？」

あからさまに眦《まなじり》を下げた和泉沢を、陽菜子は嫌悪感丸出しで一蹴する。だが、そんな二人を薄笑いで見守る惣真の視線に気づいてすぐに顔をそむけた。まったく感情のこもっていないその表情が視界に入るだけでおぞけが立つ。惣真は唇だけで笑ったまま、和泉沢に名刺を差し出した。

「私の同期に経産省の人間がおりまして。ＩＭＥの取り組んでいる水素エネルギー開発は、国家事業の一環ですからね。新設された研究開発チームにも注目は集まっていますよ。次期社長のあなたが意欲的に開発を進めているというのは、誰でも知っていることです」

「ああ、なるほど。そういうことでしたか」

——なるほど。そういうこと。

儀礼的に名刺をとりかわす二人を見守りながら、陽菜子は、和泉沢と同じセリフを、まるで違うトーンで心中つぶやいた。開発事業を手中におさめることを目的とした松葉商事からの買収話は、完全に立ち消えたわけではない。火種はそこらにくすぶっている。まだなにか企んでいるのかもしれないと、そっと警戒心を強める。

「先ほど、野方さんのところとお話しされていたのも、うち絡みの案件でしょう？迷惑かけます」

「あ、いえ……。こういうことは、お互いさまというか。仕方のないことですし」

「また改めて、ご相談したいこともあるんですよ。そのときはご連絡しますので、よろしくお願いいたします」

「はい、もちろん。何ができるかわかりませんが、そのときはぜひ」

押しの強い笑みを浮かべる惣真に対し、和泉沢の唇はほんのわずかにひきつっている。現状では陽菜子に会話の意味などわかるべくもないが、あとで探ってみようと胸中にとどめる。もっとも惣真のことだ、陽菜子に聞かれてもさしさわりのないことしか口にはしていないだろうけれど。

やがて会話も途切れてきたころ、広間がわずかにざわめいた。大使が到着したらしい。時計を見れば十九時を三分ほど過ぎている。そろそろパーティが始まる時間だ。

「よろしければ空のグラスをお預かりしますよ。新しいものをどうぞ」

和泉沢の注意がウェイターにそれた瞬間、不意に惣真は、陽菜子の耳元に唇を寄せて、例の忍び声で囁《ささや》いた。

「劉という男には注意しろ」

「え？」

「……ま、あのころと顔の違うお前なら大丈夫と思うがな」

「ちょっと、なんであんたがその名前を知って……」

「大変お待たせいたしました。大使が到着しましたので、そろそろ乾杯のご挨拶をさせていただきます。皆様どうぞ、前方へとお進みください」

アナウンスとともに、広間の視線が一斉に中央のマイクスタンドへと向く。その隙をついて、惣真は華麗に身をひるがえした。

ひきとめる余裕も与えられず、ふたたび気配を消した惣真は、人々の合間をすり抜け消えてしまった。

乾杯の挨拶が終わると、和泉沢に一人の若い男が近づいてきた。

「劉です。このたびは、お世話になります」

年のころは多く見積もって三十四、五といったところか。

いったい、この男のなにに注意しろというのだろう。名刺を交換しながらそっと相手をうかがい見る。

「こちらは私の同僚です。恥ずかしながら親しい女性がほとんどいないので、ついてきてもらいました」

「ご謙遜を。和泉沢さんなら引く手あまたでしょうに」

「残念ながらそうでもなくて。それにしても、本当に日本語がお上手なんですね」

「お聞き及びかもしれませんが、母が日本人です。大学も日本で通いました。日本の技術力は世界に誇る高さですから、学ぶべきところがたくさんあります」

薄く笑う劉という男は、中国人というより、どちらかというと韓国ドラマにでも出てきそうな薄い顔立ちだった。目と目の間がやや離れて無機質な印象を与え、妙に大きな黒目が不気味さを煽る。全体的には茫洋とした印象なのに、この眼差しだけは夢に見てしまいそうだ。

「はじめまして、上海科学技術研究所の劉と申します。日本にも、小さいですが支部がありますので、そこの部長をしております」

「資源開発課の望月です。和泉沢は以前、うちの課にいたものですから、その縁で同行させていただきました」

「ヒナコさん、と読むのでよろしいですか。かわいらしい名前ですね」

「ありがとうございます」

「望月、というのは日本では多い姓でしょうか」

「まあ、少なくはないかと。和泉沢よりはありふれていますね。響きに何かお心当たりでも？」

「いいえ、私の大学時代の恩師も望月といいます。たしか、西のほうの生まれでした。なにか関わりがあるのではないかと思ったのです」

「出身は香川ですから、西といえば西ですね。恩師の方はどちらだったのかしら」

「うーん、どこだったかな。でも、香川ではありませんでした」

流暢だけれど、文法の型にはまったしゃべり方。日本語を学んだ外国人に多い特徴だ。わざとらしさも怪しいところも特にないが、劉の眼差しの奥に探るような光が隠れているのに陽菜子は気づいた。それに、陽菜子の生まれを気にしているのも引っかかる。

八百葛の里は、香川になど存在しない。本当の所在は岐阜の山奥だ。

だが、岐阜の望月家といえば、知る人が聞けばすぐにその正体がばれてしまう。いまの時代、素性を隠しきることはそうたやすいことではない。他人だってちょっと手順をふめば簡単に戸籍謄本もとれる。そのため、八百葛の忍びは代々、なるべく遠方で出産を行うのが常だった。陽菜子の本籍地も、香川のままになっているはずだ。陽菜子の言葉を劉が信じたかどうかは知らないが、あとで調べられてもとくに問題はないだろう。そのための細工だって万全になされている。

惣真は、この劉という人物を避けて先に帰ったのだろうか。

陽菜子は上京してから、里にいるころと顔のタイプを変えている。メイクや髪形はおろか、目鼻立ちの印象や体型まで、何から何まで別人となるよう一からつくりあげた。あのころの陽菜子を知っている人間と、いま出会ったとしてもおそらく同一人物と気づくまい。里を抜けてのうのうと生きることを許された理由も、その卓越した変身術ゆえだったのだろうと思うほどその擬態は完璧だ。本気で別の人物に変身しようと思えば、惣真でさえそれが陽菜子と気づかないかもしれない。

だが、男の惣真はさすがにそこまでは変えられない。せいぜい伊達眼鏡をかけて髪形を変えたくらいだ。

――つまり。

里にいたころの陽菜子や惣真を劉は知っているということだ。だがいったい、いつ、どこで？

「ところで和泉沢さん。私は来週、御社へ見学にうかがおうと思っています。ご予定はいかがですか？」

「見学……ですか？　それはうちの、研究室にということでしょうか」

「もちろん。これからお世話になるかもしれない場所ですし、みなさんに一度挨拶させていただきたいです」

「たしかに、そういう場は設けたほうがいいかもしれませんね。……ただ、研究室はまだお迎えする準備が整っていないので。正式に話がまとまってからにしませんか」

「どうしてです？　少し、顔を出すだけです。三分で終わりますよ」

「うちは部署自体も一新したばかりで、社員もまだ環境に慣れていないんですよ。いろいろ、落ち着いてからのほうがお互いのためじゃありませんか？　無用に緊張させてもなんですし」

「なるほど、一理あります。そういうことなら仕方ありません。では、社員食堂にお邪魔するというのはいかがでしょう」

「……は？」

物腰が柔らかいようでいて押しの強い劉の語り口に、和泉沢はすっかり呑まれていた。くわえて突然転換された会話に、一瞬虚を突かれている。防いでいるつもりかもしれないが、すっかり駆け引きの俎上に載せられてしまっていた。

「日本のシャショク、とても憧れています。レストラン並みのサービスが受けられると聞きました。なんてすばらしい」

「いや……それは特別な企業だけで、うちのは普通ですよ。ただの学食みたいなもので、私もそんなには……」

「学食！　いいですね、懐かしいです。私はそういうものを、久しぶりに食べてみたいのです」

「はあ……」

――レストラン並みのサービスに憧れたんじゃなかったの？

言っていることはまるで矛盾しているのに、和泉沢はそれに気づけない。あまりに立て続けで、気づける暇がない。いや、気づいたとしても反論するいとまを劉は与えてくれないのだ。

「火曜はいかがでしょう。私、ＩＭＥの近くで用事があります。挨拶ではなく、ただのランチなら問題ないでしょう？　十二時でどうですか」

「や……でも……」

「一時間だけ。本当にただ、お昼をご一緒するだけ。私、もっとあなたと話してみたいのです。御社のことも、もっと知りたい」

「……わかりました。一時間だけなら」

「好吧《ハオバ》！　楽しみにしていますよ」

――馬鹿。

陽菜子は気づかれないよう、小さくそっと息をついた。

土台、和泉沢には交渉は向いていないのだ。そんなことは同じ部署にいるときから、一年目の社員でさえ知っていることだった。

ビュッフェスタイルの中華料理をひととおり食べ終えると、陽菜子たちは早々に場を辞すことにした。閉会まではまだ一時間近くあるが、劉との話が済めば他にするべきこともない。知り合いもいない場で立ったまま時間を潰すくらいなら、どこかで一杯ひっかけて帰ったほうがマシだった。

「今日は本当にありがとね。おかげで助かった」

「べつに。わたし、ごはん食べてただけだし」

さすがに本場の中華料理はどれもおいしかった。シンプルな味付けながら、油や香辛料がぐっと染みてどれも深い。本当ならもう一巡したかったところだが、さすがに状況はわきまえた。陽菜子のような小娘が大量に食べていれば、無駄に人目を引いてしまうおそれもある。

「それで？　提携でもするの、劉さんとこと」

「まだ本決まりじゃないけどね。でもまあ、そんな話が動いてる」

乗り気じゃないんだな、というのは先ほどの劉と対峙しているときの態度からも、いまの微苦笑からも見てとれる。

和泉沢はなにか隠しごとがあるとき、それもそれがあまりよいものではないときに、いつもよりうんと朗らかに笑う。だけど心が隠しきれないから、わずかな苦さが唇の端に浮かび出る。以前だったら、呑気な笑顔の下にひそんだその本心に気づかず――いや、気づいていたとしても通り過ぎていた。面倒事には極力関わらないようにしようと決めていたから。

「……圧力でもかかった？」

息を吐くついでにつぶやくと、和泉沢が驚いたように足を止めた。やっぱり、と陽菜子は肩をすくめる。

ＩＭＥの基本方針は国産の技術にこだわること。たとえ名もない零細企業だとしても、その技術力が高ければ迷いなく採用し、場合によっては資金援助もいとわない。

それが先代、創業者である與太郎の心意気だった。なかでも、和泉沢が関わる水素エネルギーの開発は国家事業の要ともいえる一大事業だ。そこに中国の干渉を許すなんてこと、常ならばするはずがない。

とすれば、考えられることはひとつ。

どこぞから――それも国内で力を持ったところから、強い要請が入ったのだ。そう考えればぼんやりとだが絵図は見えてくる。

「もうひとつ当ててあげようか。相手は野方自動車。ちがう？」

「え、うそ。なんでわかったの。もしかして話聞いてた？」

「聞かなくたって、ちょっと考えればわかるわよ」

惣真は言った。野方の件は、外務省絡みだと。

日本はいま、東シナ海の油田をめぐって中国と領域争いを続けている。おおかた、その関係を緩和するように外務省から野方に指示がくだったのだろう。中国の技術スタッフを受け入れるように、と。そして野方は、自社ではなくエンジン開発を共にしているIMEにそれを命じた。無用なリスクを回避するために。

中国が日本の技術を盗むため産業スパイを放つのはよくある話だ。政府間で話のついた提携だとしても油断はならない。そんなことは業界に身を置くものなら誰もが知っている。

だが、社長は受け入れた。

「あなたのお父さんらしいわね」

「うう、社員にそれを言われちゃうってのも情けない話だけど」

現社長——会長の息子で和泉沢の父親でもある亘《わたる》は、どちらかというと長いものに巻かれるタイプだ。

会社を存続させるため、効率よく利益をあげるためなら、志など豚に食わせて肥えさせたほうがマシだと考えるだろう。額に飾ったままの志は一文にもならないが、豚はいずれ上質なディナーとなって帰ってくるかもしれない。

「反対は……したんだけどね。劉さんが信用に足る相手だとしても、ドメスティックにこだわるからこそうちの価値は高まるんだ。いくら時間やコストがかかっても、そこだけは譲るべきじゃない。でも……聞いてはもらえなかった。経営はそんなきれいごとじゃ務まらん、って」

「まあ、野方と共同開発していることがうちの強みでもあるし、無下にはできないわよね」

「うん、わかってる。父は間違っているわけじゃない。だけど……最初から戦う姿勢がまるでないのが、ぼくは引っかかるんだ」

やるせなさそうに、和泉沢は瞼を伏せる。

――じいちゃんの会社で研究者になるのが夢だったんだ。

以前、和泉沢はそう言っていた。みんなが幸せになれる会社をつくりたい。そう志して会社を興した祖父の力になりたいのだと。陽菜子とて、そんな会長の人柄に惹かれて入社したクチだ、和泉沢の落胆はよくわかる。けれど社長の言い分に理があることも、十分よくわかっていた。

そのとき、ひときわ強い風が吹いた。

小さくよろめいた陽菜子を、和泉沢はひょろ長い図体を震わせながら受け止める。肩に手をまわし、さりげなく陽菜子を抱き寄せたのは、わずかでも風を防ごうとしてくれたからだろう。そんなことはわかってる。けれどあまりに自然なそのしぐさに、陽菜子は思わず和泉沢の胸に顔をうずめた。

――あったかい。

勘違いしてはだめだ。この男は、誰にでもこういうことをするのだから。そう思っても、全身をくるむあたたかさが陽菜子をとらえて離さない。

「わ、ごめん！　望月、大丈夫？」

「……うん、平気」

何でもないふりをしても、声がうわずっている。和泉沢に触れられた肩が、不自然に熱を発していた。動揺に反して無表情を保つ陽菜子に、和泉沢のほうが狼狽《うろた》えたように身体を引きはがし、それにしても、とことさら明るい声を出す。

「望月にあんなかっこいい友達がいたなんて知らなかったなあ」

「惣……向坂さんのこと？」

「うん。どこで知り合ったの？　大学が同じとか？」

「まさか。わたしの通った大学からじゃ、あんなエリート、逆立ちしたって生まれないわ。……まあ、知り合いの知り合いって感じよ。連絡もずいぶんとってなかったし、友達ってほどの関係でもないわ」

「同い年？」

「わたしより二つ下。あんたよりは四つも下よ。少しは見習ったら」

「うう、そう言うなよう。ぼく、昔から童顔なんだもん」

あんたが年より下に見られるのは童顔じゃなくてその子供じみた言動のせいだ、と言いたくなるが、ぐっとこらえる。和泉沢にいちいちツッコミを入れていては、世界が果てるまで会話が終わらない。

「……望月は、ああいう落ち着いた男の人が好みなの？」

「は？」

突拍子もない質問に、今度は陽菜子が足を止める番だった。陽菜子の目元が急激に吊り上がったせいか、和泉沢はあわあわと視線を泳がせる。

「いや、あの、だって」

「あんた急になに言ってんの？」

「……もしかして、昔つきあってた人なのかなあ、とか思ったから」

「なによ、それ。あのやりとりのどこで、そんな邪推が働くわけ？」

「え、ええと、なんとなく？」

「なんとなくってあんた……」

「しいて言えば、わざとよそよそしくしてる感じがしたからかなあ」

小首をかしげる和泉沢の背中を、陽菜子は食い入るように見つめた。

いったい全体この男は、普段は誰より抜けているくせに、どうしてこんなにもピンポイントで勘がいいのだろう。変身を見破られたときと同じ、いや、それ以上の動揺が全身をかけめぐる。陽菜子はともかく、惣真が態度にそれをにおわせるようなミスをするはずがないのに。

「……あんたねえ、その想像力をもっと別の場所で活かしなさいよ」

「えー、じゃあ違うの？　ぼくの勘違い？」

「そうよ。勘違いよ。馬鹿じゃないの。そんなことあるわけない」

畳みかけるように否定しては、ムキになっているように聞こえるかもしれない。すこし焦るも、和泉沢が気にした様子はなく、「なあんだ」と唇を尖らせるだけだった。コートの下から飛び出しそうな心臓を、陽菜子が必死でおさえていることなど気づきもしない。

――動物だ。

こいつは本能で生きている獣なんだ。ある意味で常人離れした天才なんだ。馬鹿と紙一重だけど。そう、自分に言い聞かせて落ち着かせる。

「つまんないの。せっかく、望月をからかえると思ったのに」

「いい性格してるわね、こうしてわざわざお供してあげた同期に対して」

「だってー。いっつも、ぼくの相談には乗ってもらってるけど、望月の浮いた話は全然聞いたことないんだもん。たまには逆の立場もあっていいと思わない？」

「思わない。だいたい、あんたは一方的に話を持ち込んでくるんでしょうが。わたしは一度だって話を聞かせてくれなんて言ったことはないわよ」

「じゃあ、望月もたまにはぼくに持ち込んでみてよ。そうすればほら、ギブ&テイクでしょ?」

「いやよ。なんなの、急に。そもそもあんた、わたしの話なんて興味ある? 今まで聞いてきたことなんてないじゃない」

「あるよう! あるに決まってるじゃないか。え、じゃあ、聞いたら答えてくれる? いま、彼氏いるの?」

「あんたに答える義務はない」

「ほらぁ! すぐそうやって冷たくする!」

だから聞かないんだよう、と拗ねて小石を蹴飛ばすふりをするその姿が、壊滅的に古臭くてうっとうしいのに、人より脚が長いせいで妙に様になっているのが腹立たしい。そのまま放置したかったが、これ以上惣真の話題をふられても厄介だった。しかたなく、話題をそらすためにも情報提供してやることにする。

「……柏木《かしわぎ》」

「え?」

「柏木とつきあってた。三年くらい」

「……え? 柏木くんって、シンガポールに行った柏木くん? 同期の!?」

「ほかにあんたと共通の知り合いがいる？」

「ええええっ、知らなかった！　うそ！　なんで！」

「なんでもなにも、同期なんだからそういうこともあるでしょうよ」

「だって……全然気づかなかった……」

「隠してたし。結婚でもしない限り、気まずいでしょ。実際、別れちゃったしさ」

そういえばもう別れて三年が経つのだな、と思い出す。

柏木卓也《たくや》とは、就職活動中に知り合った。よくある話だった。面接のグループが一緒だったのが縁で連絡先を交換し、別の企業でも顔をあわせることがときどきあって。最終的には、足並みそろえて選考を通過したＩＭＥを就職先として選んだ。そのころにはリクルートスーツ以外の姿でも二人で食事に行くようになっていたし、つきあわないほうが不自然だった。そのまままいずれは結婚するのだろうと、陽菜子は呑気に思っていた。

けっきょく、彼がシンガポールに行く直前にフラれてしまったのだけれど。

「ままならないねえ。ぼくもなかなか長続きしないしさぁ」

「小春さんがいるじゃない。だから今日も、彼女を誘えばよかったのよ。ああいう場所も彼女なら慣れてるでしょう？」

「くねくねするな、気持ち悪い」

「えー、だってえ」

「やっぱり会社の用事だし、連れ出すのは悪いよ。それに、このあいだは人が多くてあんまり話せなかったでしょ？　部署が変わって、全然会えなくなっちゃったし。望月と、久しぶりに話したかったんだもん」

だからいい年した男がもんとか言うな、ぶりっこするな、いいかげんにしろ。

と、いつもの苛立ちが湧き起こり、一瞬張り倒してやろうかと迷うが、反面、放たれた言葉のあまりのまっすぐさに気分がそがれてしまう。

「話したかったって、なんで」

「なんでって……友達と話がしたいのはあたりまえじゃない？　会社のランチじゃ、どうもせわしないしさー」

「だったら普通に誘えばいいじゃないの。携帯だって知ってるんだから」

「誘ったら休日に遊んでくれるの？」

「遊ばない」

「でしょー？　ぼくだって学んでるよ。望月がそう言うだろうってことくらい。ほんとにさー、ぼくはこーんなに望月のことが好きなのに、いつまでたってもつれないんだから」

「だからあんたはいいかげん、誤解されるような物言いやめなさいって」

「ね、この近くにいい飲み屋があるんだ。ちょっとだけ寄っていこうよ」

「人の話を聞きなさいよ！」

先ほどまでの深刻な話が嘘のように、スキップでもしそうな軽やかな足どりで和泉沢は横道に入っていく。後光でもさしそうなほど屈託のないその笑顔に、あらがうだけの力は陽菜子に残されていなかった。


「見～たぞぉ～」

玄関ドアを開けるなり、酔っ払いのようにしなだれかかってきた穂乃香をするりとかわす。

見られている、ことには気づいていた。隠すつもりのない視線が、タクシーを降りたときからベランダより一直線に陽菜子の頭上に刺さっていたから。

「穂乃ちゃん、仕事は？」

「せっかくのデートだもの。報告はリアルタイムで聞きたいじゃない？」

「まさかそんな理由で休んだの？」

「いーの。あたし、働きづめだから。で？　で？　いい感じだったじゃない。タクシーで家まで送ってくれるなんて、ほんとボンちゃんは紳士よねえ。まだ若いのに、いまどきめったにいないわよー？」

「穂乃ちゃん、言い方が年寄りくさいよ」

「しょーがないでしょ。うちのお客はみんな羽振りがいいけど、だいたい五十を超えてるんだもの。三十前後の若造なんて、やっとヒトになったばっかりってとこよ」

せっかくの休日を、穂乃香は穂乃香で満喫したらしい。仕事中は全身のあらゆる部位を盛る反動か、自宅にいるときは透けたランジェリー姿でうろつくことも少なくないのに、今日はいつもどおりばっちり化粧を決めている上、買ったばかりと見えるワンピースをひらめかせている。案の定、リビングにはブランドのショップバッグがいくつも転がっていた。

「和泉沢の場合はヒトになってるかどうかさえ危ういけどね」

「そんなこと言ってるとぉ、すーぐよその女にとられちゃうわよ？　たしかに頼りないけどいい男じゃない。優しいし、気遣いもできるし。あーあ、あたしもそーいう若い男とデートしたーい」

「アキホさんが誘えばすぐに飛びついてくるわよ。ていうかそもそもデートじゃないし。仕事だし」

「仕事だろうがなんだろうが好きな人と二人で出かければそれはデートよ。同伴出勤だって相手が素敵なら営業じゃなくてデートだもん」

「好きな人じゃないんだからやっぱり仕事でしょ。あーつかれた。ワンピースありがと。クリーニングして返すね」

穂乃香の追及がうっとうしくて、はやばや部屋に戻って服をぬぐ。ハンガーにかけて、下着姿のまま消臭剤をかけていると、つまらなそうに穂乃香がそのあとを追ってきた。「なーんだ、汚さなかったんだ」と不穏なことをつぶやいて、穂乃香はそのまま ぼすんと陽菜子のベッドにダイブする。

「ヒナちゃんさあ、前から不思議だったんだけど、どうして素直に好きって認めないの？　なにをそんなにこじらせてるの？」

「別にこじらせてないし。ほんとのことだし」

――嘘だ、ということは陽菜子にだってわかっていた。

認めていない、わけじゃない。同期以上の感情を、抱いていることくらいは自分でも自覚している。

だけどそれが恋かと問われれば、素直にうなずけない自分もいた。

和泉沢は、陽菜子がはじめての友達だといって、どれだけすげなくあしらっても懲りることなく、一途に尻尾を振って追いかけてくる。だけど彼のそれは恋じゃない。だとしたら陽菜子の気持ちだってやっぱり「友達」なのかもしれない。だいいち、恋とは想いを募らせ焦がれるものではないのか。陽菜子はそんな、誰かに夢中になる感覚は理解できない。その相手が誰であろうと。

「……ヒナちゃんってさ、すごーく好きになった人とはつきあわないよね」

穂乃香は、ゆるくパーマのかかった毛先を指先でいじりながら、つまらなそうにつぶやく。

「前の人のこともそんなに好きじゃなかったでしょ」

「そんなことないよ。別れたときはショックだったし」

「うそ。そりゃあ好意はあったでしょうよ。三年もつきあったくらいだもん。でも好きじゃなかった。ちがう？」

「少なくとも和泉沢よりは、男性として意識してたよ」

「……その程度でしょ。ボンちゃんに対するみたいに、一生懸命じゃなかったもん」

「……そうかもね」

——いつまでたっても俺は、一人でいる気分だったよ。

別れ際、そう言われたときはひどく理不尽な想いがした。前触れもなく切り捨てようとする彼が、どうして陽菜子より傷ついた顔をしているのかと気持ちが白けた。

だけど今ならわかる。穂乃香の言うとおりだ。陽菜子は彼のことが、そんなに好きではなかった。ただ、忍びではない自分になれればよかった。それだけだった。

愛情はあった。けれど陽菜子の想いに熱がこもっていないことくらい、彼には伝わっていた。赴任先についてきてほしいと、言いたかったけど言えなかった。飲みながらそうぼやいていたと知ったのは、ずいぶん経ってからだ。おまえらがつきあってたなんて知らなかったわ。出世株なのにもったいないことしたな。そう、別の同期に冗談まじりで教えてもらった。

「……惣ちゃんのこともそうだったのかなーって、あたしは思ってるんだけど」

「なんでそこで惣真が出てくるのよ」

「だってー、元許嫁《いいなずけ》だしー？」

「親が決めただけだってば。わたしは一度も了承してない」

「ほら、その否定の仕方がボンちゃんのときそっくり」

だからほんとにちがうってば、と反論すればするほど墓穴を掘りそうで、陽菜子は黙り込む。

「ま、しょうがないけどねー。あたしたち忍びはさ、乱れるのがいちばん危険だもん。誰かに夢中になるなんて、そんな危ない橋は渡れないよね。……誰かを一生懸命好きになるなんておとぎ話は、そもそも信じてないし」

うん、とうなずくつもりで、くちゅん、とくしゃみが漏れ出た。そこではじめて、陽菜子が下着姿のままだったことに気づいたらしく、あきれたように穂乃香は身体を起こす。

「もー、ヒナちゃんってば、いつまでそんな格好してるの。ほら、これ着なよ」

「ありがと……って、なにこれ」

「いらなくなったあたしのネグリジェ」

「わたしはゴミ処理班じゃないっての」

「ヒナちゃんの毛玉だらけのパジャマよりは上等よ？　全然もこもこしなくなってたから、今朝、捨てといた」

「ちょっと、そんな勝手に！」

「だーからそれあげるってば。ほら、はやく着ないと風邪ひくよ？」

だからってこんなピンクでレースがひらひらついたやつは好みじゃないんだけど。と反論するより前に、むりやり頭からかぶせられる。たしかに肌触りはなめらかで、陽菜子が買うものより何倍もの値段がしそうだ。

「どうしたの、これ。まだ新品じゃない」

「お客さんにもらったんだけど、どーも趣味じゃないのよねえ」

「いやそれを言ったらわたしのほうが全然趣味じゃ……」

「ほら、かわいい！　やっぱりあたしの思ったとおり」

ゴムの入ったラウンドネックをぐいと下げられ、肩がむきだしになった陽菜子を穂乃香は満足そうに眺めまわした。丈は膝頭より少し上。部屋着というには露出度が高すぎて、陽菜子はなんだか落ち着かない。これでは下着姿とたいして変わらないような気もしてしまう。

「じゃ、ジャージ穿いちゃだめ……？」

「だーめ。こういう乙女ちっくな格好でもしてれば、少しは恋愛に自覚的になれるでしょ」

「まだ言うか」

「ヒナちゃんはせっかく里を抜けたんだもん。恋くらい、自由にしたっていいんじゃない？　自分の気持ち、あきらめる必要ないよ」

「自由っていうなら穂乃ちゃんだって」

「んー？」

「……ううん、なんでもない」

咽喉からせりあがる言葉の数々を、陽菜子はどうにか飲み下す。

里を抜けると決めたとき、陽菜子は真っ先に穂乃香に告げた。ねえ穂乃ちゃん、一緒に出よう。どれだけ里のために身を捧げても、あいつらはわたしたちを守ってなんてくれないよ。

穂乃香はあのときと同じように、宥めるような微笑みを口元に浮かべていた。

穂乃香が部屋を出ていくと、陽菜子は鞄からもらったばかりの名刺をひっぱりだして、ぬくもりの残るベッドに寝そべった。

劉明《みん》。

よくある名前だ。偽名だったとしてもおかしくはない。けれど名刺自体に不審な点があるはずもなく、指先で前方にぴんと投げる。壁にかかったコルクボードに、名刺は美しく突き刺さった。

そして今度は、惣真の顔を思い浮かべる。

二歳年下の惣真とは、穂乃香同様、物心がついたときから一緒に育ってきた。陽菜子が里を抜けてさえいなければ、今ごろ力ずくで所帯を持たされていただろう。陽菜子は一度だってあの冷血漢を自分の伴侶と認めた覚えはないけれど。

向坂家は望月家についで優秀な忍びを輩出し続けてきた一族だ。里の長である望月家の婚姻相手は同郷の忍びから選ぶべしという慣習のせいで、次男で家を継ぐ必要のなかった惣真は、生まれたときから候補の一人と見定められていた。神童どころか化け物だと周囲に言わしめるほど、飛びぬけた頭脳と技術が明らかになってきたころには、暗黙の了解として事は決められていた。

記憶する限り、惣真がそれに異を唱えたことは一度もない。けれどそれは陽菜子が好きだったからなどではもちろんなく、それが頭領である陽菜子の父によるお達しだったからだ。生まれる時代を間違えたと本人さえもがぼやくほど、惣真は生粋の忍びだった。

そんな惣真が、陽菜子はずっと苦手だった。

嫌い、とは言わない。ただ不気味だった。どんなときでも——修行の途中で足を折っても、額から血をだらだら流しても、自分の母が治らぬ病に倒れても——眉ひとつ動かさない。我《が》を捨て、真理の一心を追求し、「空《くう》」を求めよ。忍術書に書かれたとおり修行に励む彼の姿勢はむしろ求道者で、里の掟を体現するような彼の姿勢が陽菜子にはそらおそろしかった。同じ人間とはとても思えなかった。

だけど一度だけ。

惣真が困った顔をしているのを見たことがある。

手繰り寄せた記憶の中で、惣真はランドセルを背負っていた。まだ陽菜子より背丈は低く、顔もあどけない。うずくまって泣く陽菜子を、途方にくれたように見下ろしている、幼い惣真。

あれはいつのことだっただろう。

――泣くな。

――俺は絶対……………ない。

ぼんやりと脳裏に浮かぶ情景が、明らかになる前に雲のように薄れていく。陽菜子は逃げるそれをつかむように、天井の一点をじっと見つめた。

――ほんと？……ほんとに惣真は、…………？

――ああ、絶対だ。

――そうすれば、お前は……。

そのとき。

唐突に、別の情景が次々と頭の中になだれこんできた。その中の一つが今日の記憶と合致する。はねおきた拍子にベッドから滑り落ちるも、陽菜子は頓着しなかった。鞄からとりだした携帯電話をも取り落としそうになるが、震える手で番号を呼び出す。電話は、呼び出し音が鳴るより前につながった。

「柳《やなぎ》なの？」

応答する声も確認せずに問いただした陽菜子に、電話の向こうで惣真が鼻を鳴らすのが聞こえる。

――笑ってる？

だが、そんな稀有な事態に驚く暇もないほど陽菜子は動揺していた。

「本当に？　本当に劉は、あの柳？」

「やっと気づいたか、この鈍間《のろま》」

「ひ、え⁉」

受話器と頭上と両方から声が聞こえて、今度はひっくりかえりそうになる。開け放たれたドアの前に惣真が、大使館で見たそのままの姿で立っていた。

「な……なん……っ、いつからそこに……⁉」

「たった今だ。お前程度の知能でもそろそろ気づくと踏んでいた。……想定よりも念のため三割の余裕を見ていたが、それでギリギリジャストとはな。ただでさえ脳みそが軽いんだ。回転くらいは速くしろ」

「しょ、しょうがないじゃない。飲みに行ってたんだから！」

「馬鹿か。お前が浮かれてぼんくらの誘いに乗ることくらい織り込み済みだ。それも含めてこの時間だ。一秒の狂いもないとはさすがだな」

暖房でやっとあたたまってきたはずの部屋で、ぞわりと全身に鳥肌が立つ。見てもいない陽菜子の行動をどうして一秒単位で予測できるというのか。

「どうせぼんくらに現《うつつ》を抜かすなら、色仕掛けで奴を多少は翻弄したんだろうな」

ぎしり、と音がして反論するより先に陽菜子に覆いかぶさるように惣真がのしかかった。ほとんど素足のあいだに惣真の足が割って入り、陽菜子の肌をくすぐる。

「んななな、そん……っ、そんなことするわけ……！」

「してないのか。お前はほんとに役立たずだな」

横たえた陽菜子の太ももに膝をわざとらしく当て、嘲るように惣真は撫で上げた。冷えた指先がくすぐるように身体のラインを伝い、惣真の吐息が耳元に触れた。そのつもりがないのに陽菜子の身体は震えあがる。

「たまにはくノ一らしいことをしてみたらどうだ」

「や……っ」

なまめかしい指先が下着と尻の境目に触れ、ひくついた息が漏れたそのとき、惣真はあっさりとその手を放した。そして、小馬鹿にするように小さく鼻を鳴らす。

「……それにしてもお前は本当に色気がないな。こんな格好までして、僅かの欲情も煽れないとは、ある意味稀有な才能だ」

言われて陽菜子は、ネグリジェがめくれあがって露わになった太腿に気がついた。だがそれを隠すより前に惣真は、はんっ、と特大級のせせら笑いをかまして身体を起こす。陽菜子はネグリジェのすそを引っ張りながら、思い切り惣真を睨みあげた。

――絶対、わざとだ！

また騙された。この時間に化粧も落とさず買ったばかりのワンピースを着ていること自体がそもそもおかしかったのに。このネグリジェをプレゼントしてきたのも、いまこのタイミングでむりやり着せたのも、この瞬間を見越してのことに違いない。あまりの悔しさに言葉も出ず、ベッドに拳を沈めるほかなすすべもない。自分の愚かさを十秒だけ反省すると、手近なジャージに着替えて部屋を出る。

リビングでは穂乃香の挽いたコーヒーが、ちょうど淹《い》れられたところだった。

「柳凛太郎《りんたろう》。知っているな」

惣真の堅い声に、うなずいたのは陽菜子だけだ。穂乃香の涼しげな表情を見れば、何も知らされず踊らされていたのは自分だけだということがわかる。ほんの少し悔しい気もするが、里を抜けた陽菜子に惣真がこうして話を持ちかけてくることのほうが、むしろ異例なのだった。

「上海は、忍者を雇った。それがあいつだ」

「じゃあ、日本支部の部長っていうのは嘘？」

「厳密には嘘じゃない。このためにわざわざ誂《あつら》えたんだろう。名刺の住所にはちゃんと事務所も設置されているし、登記簿もある。もちろん、劉明としてのパスポートや査証《ビザ》もな。ご苦労なことだ」

忌々しげに惣真は口の端を歪める。それを見た穂乃香は心得たように、惣真のマグカップに砂糖をひとかけら入れた。

「柳ってー、もとはあたしたちと同じ一族だったのよねー？」

「そうだ。先々代の頭領の兄・望月統一郎《とういちろう》が、八百葛を飛び出しつくりあげた新しい忍者集団。それが柳だ。里を抜けるときに望月の姓を捨て、自分の妻の籍に入ったらしいな」

「凜太郎はじゃあ、ヒナちゃんの……」

「祖父にとって、曽姪孫《そうてっそん》にあたる」

「なにそれ、意味わかんない」

「要するに、遠い親戚だ」

陽菜子が凜太郎に会ったのは、薄らいだ記憶のかなたに潜む一度だけだ。

——貴様が望月の娘だな。

突然に現れた凜太郎は、陽菜子の名前を知らなかった。惣真がそばにいてくれなければ、うっかり漏らしていたかもしれない。けれど顔はしっかり見られた。惣真が警戒していたのはそのときの記憶があるからだろう。

「穂乃ちゃんは、どこまで知ってるの？」

「柳に絡んで問題が起きている。そのカギとなるのがＩＭＥでありボンちゃん。あたしが聞いたのはそれくらいね。柳のことは、里でも一種のタブーだもの。詳しくは知らないわ」

「一族の恥……だからね。頭領になるべき人間が、みずから里抜けするなんて」

陽菜子が里を抜けるとき、父が大事《おおごと》にしなかった理由はそこにもある。

統一郎の所業を生々しく記憶に刻み、怒りの火種をくすぶらせている老人たちは、里の重役としていまなお健在だ。下手をすれば自分が地位を追われるかもしれないと、統一郎のあとを追うような真似をした陽菜子を、父はいっそう憎々しく思ったことだろう。

「統一郎は、日陰の存在として生きることに疑問と憤懣《ふんまん》を感じていた」

「ヒナちゃんと同じじゃない」

「うわべだけはな。だがこの間抜けと違うのは、忍びそのものをやめたいと願うのではなく、自分たちの力を自分たちのためだけに使うべきだと主張したことだ。これまで仕えてきた主筋もすべて捨て、新たに独立しようと呼びかけた。……結果はわかりきっていただろうに、愚かな真似をしたものだ」

もしかしたら時期が早すぎたのかもしれなかった。

頭領娘の陽菜子が似た想いを抱いたくらいだ。いまの八百萬ならあるいは、賛同する人間も多かっただろう。だが当時は、尾張徳川家を筆頭とした主との、強い絆が保たれていた時代だ。陰に日向に主を支えることこそ誇りと思う忍びのほうが多かった。

結果、統一郎は頭領の身分を剝奪された。

そしてわずかな同志とともに出奔したのだ。

「さすがに戦時を生き抜いただけあって、統一郎を簡単にとらえることはできなかった。どこに拠点を構えているのか、未だにわからぬままだ。ただいつからか、柳の名が忍びの間で響き渡るようになっていた。金さえもらえばなんでも請け負う、主を捨てた一族がいると」

「名前だけは、あたしもよく聞く。……ふうん、そういうことなんだ」

「それで……今回、柳が請け負ったのが上海からの依頼ってことね」

「そういうことだ。まったく、お前のところの社長は本当に目先の利益にしか興味がないな。操るにはこれ以上なく容易な傀儡《かいらい》だが、敵の手に渡ると厄介だ」

和泉沢の抱いた懸念も的外れではなかったということだ。

「だから和泉沢に接触したの」

「ああ。お前の傾倒するぼんくらは、今回に限っては、社長より利口なようだからな。社長に翻意させるよう社内の重役たちにも掛け合っているようだ」

「和泉沢が……？」

「ま、普段の行状があれだからな。誰も本気で取り合ってはくれないようだが」

というよりも、社長に盾突いてまで和泉沢の味方をするつもりはないということだろう。いくら次期社長と目されているからといって、経営手腕に信を置かれているわけでもない。和泉沢もまた、出奔した兄にかわって急遽据えられた後継ぎなのだ。よほどの勝算がなければ神輿としては担げまい。会長派閥の重役たちも、和泉沢ひとりが騒いでいる程度ではよけいな波風を立てることを避けるだろう。

「あんただって、和泉沢がどうにかできるとは思っていないんでしょう？」

「あたりまえだ。あのぼんくらは、研究室にこもって金勘定と無縁に暮らすのがいちばん幸せな人間だ。駆け引きのイロハも知らないやつが、下手に動き回れば敵に悟られ警戒されておしまいだろう。むしろ俺たちの邪魔になる」

だが、と惣真は苦々しげに眉間に皺を寄せた。それきた、というように穂乃香がふたたび、ぼちゃんと惣真のマグカップに角砂糖を放り込む。

「中国の参入を阻止したい、その一点において利害は一致する。交渉相手があれというのは確かに癪だが、この場合、仕方あるまい」

「……どうしてわたしにそんな話をするの？　言ったでしょう。わたしはあんたの手下じゃない。いつものように、穂乃ちゃんとだけ話を進めればいいじゃない」

「柳を相手どって、ぼんくらに勝ち目があると思うか？」

思うわけがない。

今日のわずかなやりとりでさえ、押し負けていたほどだ。どれだけ和泉沢が警戒し、セキュリティを万全にしたところでかいくぐられるに決まっている。しかも相手はただのスパイではない。名を馳せた忍者集団の頭なのだ。

「技術者の流出。情報漏洩。性的金銭的スキャンダル。どれが起きても、お前の愛しのぼんくらはただじゃ済むまい」

「わたしにどうしろっていうの」

「さてな。変身するしか能のないお前がいったいなんの役に立つのか、さすがの俺でもまるで見当がつかん。だが、いないよりはマシだ。内部に通じているというだけで、ゼロが〇・一程度にはなる。よかったな、就職活動を頑張っておいて。それだけは褒めてやろう」

「あんたに褒められるために就職したんじゃないわよ！」

「しかもお前は、お得意のきれいごとを並べて会長の懐にまで潜り込んだ。これは快挙だ。ぼんくらはお前同様無能だが、一時代を築いただけあって会長には底知れないものがある。影響力もいまだ計り知れない。きっと役に立つだろう」

「まるで人が計算して手玉にとったみたいな言い方しないでよ。会長にだって失礼でしょう⁉」

「ああ、失礼だ。お前ごときが手玉にとれるほど安い器か？　会長は」

「あんたは……っ、人に協力を頼むならもうちょっとそれなりの態度ってもんがあるでしょうが！」

「頼む……？　俺が？」

「どーどー。んもう、二人とも落ち着きなさいよ。惣ちゃんったら、ヒナちゃん苛めるときだけはすぐそうやって生き生きするんだから」

「誰がするか」

「ヒナちゃんもヒナちゃんよ？　構ってくれるからって喜ばないの。惣ちゃん、調子に乗っちゃうから」

「喜んでるように見えるこれが⁉」

「穂乃香、お前少しは黙ってろ」

「だあってー。なんかこうやって三人で話すのって久しぶりで嬉しいんだもん」

えへ、と小首をかしげる穂乃香が絶妙にかわいらしいので、陽菜子はそれ以上怒る気力も失いうなだれる。惣真は穂乃香が持っていたシュガーポットを奪うと、コーヒーにさえ入れずそのまま角砂糖を二つ三つ口の中に放り込んだ。がりがりと噛みつぶすのを見ながら、そんなに甘党だったっけ、とその様子を凝視する陽菜子を、惣真は研ぎ澄まされた刃のように細めた目で睨み返す。

「勘違いするなよ。俺はお前に何も頼んでなどいない。余計な真似をされるくらいなら車で轢いて病院にでも送り込んでやる。お前が退院する頃にはきっとすべてが済んでいるだろうよ」

「……冗談に聞こえないわよ、この外道」

「あたりまえだ。冗談などではないからな。この期に及んで何を甘いことを言っているんだ。お前、自分の正体をあの柳に隠しきれると本当に思っているのか？」

ぐ、と黙り込んだ陽菜子に惣真はさらに畳みかけるように言う。

「今のお前が里と無関係だとどんなに言い張っても、あいつらが見逃すとは思えない。いいか、柳はいまだに、正当な嫡流たる自分たちが里を追われたことを怨みに思っている。隙あらば八百葛を潰そうと考えているあいつらのこと、お前の存在を逆手にとることだって考えられるんだぞ」

——貴様が望月の娘だな。

突然現れた凜太郎は、まだ幼さの残る少年だった。けれどその眼差しに宿る昏い光はまぎれもなく陽菜子の父と同じもので、とっさに反応しきれずにいた陽菜子に迷いなく刃を向けた。

——貴様を殺せば、望月の血は俺たちだけのものになる。

あのとき凜太郎はたしかにそう言い、愉快そうに笑ったのだ。

「お前がどれだけ甘っちょろくて無能な阿呆かなんてあいつらには一切関係ないんだ。

今回ばかりは肚をくれ。そうでなければ本当に、……死ぬぞ」

惣真はゆっくり、陽菜子と穂乃香を順に見た。

「事はぼんくらやＩＭＥだけの問題じゃない。これは里の威信をかけた戦いでもあるんだ」

3

火曜の朝、乾いた空気がひゅっとのどをかすめる音で、陽菜子は目を覚ました。空咳をしながら、風邪なんてひいている場合じゃないのにと眉根を寄せる。カーテンに隙間をつくると、夜が明ける前どころか太陽が沈んだばかりのような重たい暗闇が横たわっていた。いやな予感しかしなかったが、あとにはひけない。洗面所にいくと、わざと凍りそうな冷水で顔を打ち、陽菜子はまどろむ瞼を叩き起こした。

始発に乗り込み出社したのは、午前中で一日分の仕事をすべて終わらせるためだ。誰もいないフロアでパソコンに映し出される英文資料と睨みあっていると、視界の片隅に、不意にこつんと音をたてて缶コーヒーが置かれた。

「ずいぶん気合が入ってんな。いま、そんな難しい案件あったか？」

耳元で囁かれ、反射的に床を蹴る。けれど腰をわずかに浮かせたところで「落ち着けよ」と肩を押された。

してやったり、というように口元を歪めながら森川はコートを脱いで、課長席のうしろに立つスタンドにかける。

「……気配消すの、やめてください。悪趣味ですよ」

「これくらい気づけないようじゃ、この先やってけないぞ」

「わたしはもう忍びじゃありませんから。そんな鍛錬、必要ありません」

「俺にはトラップしかけたくせに」

「話を蒸し返すの、やめてください。あれは例外中の例外です」

からかっているだけだとわかっているからこそ、陽菜子も軽口で返せる。だが、惣真とは別の意味でこの男もまた厄介で手強い相手なのは否定しようがなく、警戒心はぬぐえなかった。なんといっても、松葉商事からの買収話を裏で手引きし奔走していたのは他でもない森川なのだ。

森川もまた、里は違えど同業で同類――故郷を捨てた抜け忍だった。とはいえ森川は、忍びであること自体を捨てたわけではない。自分の能を自分のためだけに使いたい、誰の傘下にも入りたくない。そう言う彼は、同じように主を持たない身であっても陽菜子とは根本的に違う。むしろ柳たちに近いのかもしれない。

「あれ、森川さん。髪が濡れてますよ。雨ですか？」

「いや、粉雪。ちょっとやな感じがしたから早めに出社したんだ。電車が止まるほどじゃなさそうだが、ぎゅうぎゅう詰めになって蒸れるのは勘弁なんでね」

「わ、ほんとだ。やだなあ……帰り、大丈夫かな」

「お前もそれで早く来たんじゃないのか。……なにやってたんだ？　まだ七時過ぎだぞ？」

窓にへばりついてはらはら舞う雪を眺める陽菜子を、森川は怪訝そうに見やる。やばい、墓穴。と内心舌を出しながら、陽菜子は小さく息をついた。

「なにやってたもなにも、森川さんが振ってきたんでしょう、契約書のつくりなおし。覚えてないんですか？」

「あー、あれか。アーバン・エナジーがサムスン・ガスを買収したやつ」

「そうですよ。親会社が変わったから契約内容からフォーマットまで全部見直しになっちゃって。交渉のやりなおしで森川さんが大変なのもわかりますけど、わたしを巻き込まないでくださいよ。英文つくるの時間かかるんですからね」

「はは、そうだった。悪い、悪い」

年明けに突然、アメリカの大手石油会社がシェールガス開発を進める企業を買収したのだ。時間をかけてシェールガスの輸入契約にようやくこぎつけようとしていた矢先のことで、もともと仕事量の多い森川では対応しきれなくなり、陽菜子が請け負うはめになったのだった。実をいうとその案件は七割方終わっているのだが、面倒で時間のかかる作業だったのは嘘じゃない。

「最終的に法務部のチェックは入るんだし、あんまり気負いすぎるなよ」

「森川さんは永田《ながた》さんのねちっこさ、知らないから。このあいだも、ちっちゃなスペルミスあげつらってねちねちずーっと嫌味言われたんですよ」

「よく知ってるよ。あいつ、俺の同期だから」

「……どおりで」

「どういう意味だよ」

「いいえ、別に。ところでこのコーヒー、いただいていいんですか？」

「もちろん。頑張ってくれてる部下に、ささやかなお礼だよ」

「毒とか入ってないですよね」

「そんなことしたら激務で俺が死ぬだけだ。メリットのないことはしないよ、俺は」

ではありがたく、と手にした缶は冷えていた。

暖房のきいた室内でフル稼働したパソコンの前に座っていると、真冬であっても汗をかく。さらに基本ブラック派の陽菜子だが、集中力を要する仕事のあとは必ず微糖のミルクコーヒーを飲むのが常だ。一度だってそれを口にしたことはないのに、さりげなく陽菜子の定番を差し入れてくるあたり、森川が有能であることは疑いようもなかった。

でもだからこそ油断がならない。いつ足をすくわれるか、わからない。

さりげなく観察され続けていることに気づきながらも、陽菜子はそしらぬ顔で業務を続けた。

惣真が陽菜子に課した指令は二つ。

一つは、和泉沢に近づく柳凜太郎の動向を見張ること。

もう一つは、和泉沢が惣真に協力するよう仕向けることだった。

「でも、上海を受け入れるように指示したのはそもそもあんたたち外務省のお役人じゃなかったの？」

首をかしげる陽菜子に、惣真はわざとらしく肩をすくめる。

「同じ職場だからといって一枚岩とは限らない。言っただろう、俺の同期に経産省の人間がいると。俺はそっちと通じているんだ」

そんなこともわからないのか、と言われた方がよほど気楽と思える侮蔑の視線に、陽菜子は口をへの字に曲げる。

「俺たちには俺たちの政治があるんだよ」

経産省は、数年前から水素エネルギー社会をめざした推進プロジェクトを進めている。第一義は国内産業を活性化させるためのプロジェクトに、中国だろうとどこだろうと他国に関与する隙を与えるわけにはいかないのだ。惣真の同期とやらは、中国との関係緩和を重視しすぎる外務省の行動にずいぶんとやきもきしているらしい。

「でも、あんたたちについて野方との関係が悪化したら元も子もないじゃない。いくら和泉沢でも、そんな危険な賭けに乗るはずないわ。劉の目論見だって、まだ証拠はないんだもの」

「ぼんくらの出方次第では、ＩＭＥがプロジェクトに民間メンバーとして参与できるよう俺から口添えすることもできる。ＩＭＥにとっても野方にとっても悪くない話だと思うが？」

そうなれば国から補助金が支給され、松葉商事の資金に頼り切っているいまの状況からも脱することができる。それだけじゃない。国の根幹を支える事業に加わることができれば、IMEの価値は内側からぐんと跳ね上がる。

しばし考えこんだあと、陽菜子は、眼鏡の奥に潜む惣真の瞳をのぞき見た。

昔から、この目が苦手だった。

深い窟《ほら》のように昏くて深い、深謀遠慮に長けた彼の目がいつもどこを向いているのかわからなくて、見つめられていると時々、そのまま身体の隅々まで解剖されてしまうような気がしてふるえた。

陽菜子に、彼の真意が汲み取れるわけがない。けれどどこかに片鱗が落ちていないか、瞳の奥を探る。けれど惣真の落ち窪んだ眼はわずかの揺れも見せなかった。かわりに、陽菜子の怯えも疑心もすべて見抜いたように肩をすくめる。

「前にも言ったが、俺は感情で交渉相手を選ばない。頼りないのは確かだが、それでもぼんくらが一番可能性の高い窓口ならば、避ける理由はないだろう」

「それ以上の裏はないって、信じていいのね」

「さあな。俺の望む結果とお前らが望む結果が必ずしも一致するとは限らん」

「大丈夫よ、ヒナちゃん。仮にも里を抜けたヒナちゃんは一般人よ。こちら側の陣営に巻き込む以上、騙し討ちするような真似はしない。それだけはあたしが保証してあげる」

「……穂乃香。お前はどの立場でものを言ってる」

「決まってるでしょ。ヒナちゃんの友達として、惣ちゃんの幼なじみとしてよ。いくら惣ちゃんでも、ヒナちゃんを泣かすような真似したら許さないから」

「俺は一応、お前の上司にあたるんだが」

「だけどいくつか貸しがあるわよね。なんなら今、まとめて返してもらってもいいんだけど？」

惣真の座る椅子の肘掛けに腰かけ、妖艶にしなだれかかりながらも穂乃香の声は鋭かった。それ以上やりあうつもりはないのか、惣真は小さく息をつく。

「……少なくとも、ＩＭＥやぼんくらを積極的に陥れるつもりがないことくらいは誓ってやってもいい」

「だって、ヒナちゃん。よかったね」

「積極的に、ね。つまり、こちらに不利益な情報があっても、そちらのメリットにならない限り教えてくれるとは限らない、ってことよね」

「それはもちろん。さすがにあたしも、そこまで甘やかさないわよー。守りたいものは自分で守らなきゃ。ね？」

艶然と微笑む穂乃香と対照的に、惣真は仏頂面で腕組みを崩さない。

そういえば、二人が一緒にいるところを見るのは学生時代以来だと陽菜子はふと思い出した。いまや関東地区の同胞《はらから》を束ねる立場にいる惣真だが、あのころはまだ、一介の忍者にすぎなかった。自分の技量を高めることにしか興味のなかった惣真は、穂乃香がしゃべりかけてもむっつりとした表情を常に崩さず、会話らしい会話をすることもなかった。それは相手が穂乃香に限った話だけでなく、惣真はいつだって他者を寄せつけないぴりついた空気を漂わせていた。

だから。

いつもあいだに入っていたのは、陽菜子だ。

里にいたころから陽菜子の指導係を買って出ていた——もちろん陽菜子が頼んだことなど一度もないが——惣真は、陽菜子の言葉にだけは耳を傾けることもあったから。ああとか、いやとか、愛想の欠片もなければそれが言葉と呼べるほどのものかもわからない程度の返答ではあったし、ときには視線しかよこさなかったけれど、少なくとも陽菜子には何かしらの反応を返した。

けれどいま、穂乃香と惣真のあいだには、ある種の信頼感のようなものが漂っている。陽菜子には決して介入できない同郷の忍び同士だからこそ紡げる、絆のようなものが。

――なんだろう、この感じ。

和泉沢と小春が一緒にいるのを見たときともまた違う、小さな痛みが、胸の奥に疼いて消えない。

すべて自分から棄てたものだと、わかっていても。


とはいえ。

陽菜子には陽菜子の、こなさなくてはならない日々の業務がある。とくに今週は、チェックしなくてはならない資料が山積していた。

そんな中で、わざわざ柳から――劉が本当に彼なのか陽菜子にはまだ信じられずにいるけれど――出向いてくれる時間と場所がわかっているのを、みすみす逃す手はない。なんとしてでも昼休み、社員食堂に行かなければと脇目も振らず働いていたというわけだ。

――まったくなんでわたしがこんなこと。

なんだかんだと惣真や穂乃香の口車に乗せられているだけのような気がしてならない。十一時半を過ぎるころにはどうにか最低限のノルマは片づけたが、肩と腰がバキバキで、和泉沢にマッサージ代を請求したいくらいだ。

「あれえ、望月さん。お弁当ですか？　珍しいですね」

席を立とうとした陽菜子に、鞠乃がめざとく気づく。

「お正月のバーゲンで散財しちゃったから。それに、仕事も全然片づかないし」

「望月さんってば、ほんと英語が苦手なんですねー。大丈夫ですよ、契約書はともかくメールなんてニュアンスで伝わりますから」

「帰国子女のまりちゃんと一緒にしないで」

「だから手伝うって言ったじゃないですか」

「やだよ。そんなことしたら三か月は外食できなくなるじゃない」

「ええーいくらわたしだって、先輩相手に追いはぎみたいな真似はしませんよー」

「い、や。このあいだのプロジェクトの打ち上げ、忘れたわけじゃないからね」

細くて小柄なのに、鞠乃はもりもりやたらと食べるし底なしに飲む。どうして自分のまわりの女子はみんなこうも健啖家ばかりなのかと驚くほどだ。

「んじゃ、ちょっとはやいけどランチいってきまーす」

「はーい。いってらっしゃーい」

森川が席をはずしている隙に、陽菜子は早々と部署を抜け出す。

和泉沢と劉のランチに同席することも考えたが、正体を気づかれる危険が増すだけだろう。誰にも気づかれないよう気配を薄めて食堂にまぎれこむと入り口の見える位置にとりあえず腰かける。やがてぎこちない笑みを浮かべた和泉沢が劉を連れてやってくる。視界の端に二人を捕捉すると、陽菜子はすばやく、二人の口元が見える場所へと移動した。

「とても広いですね。それにメニューも安くておいしそうです」

「そうですね。でも、麻婆丼はやめたほうがいいですよ」

「おいしくないですか？」

「日によって当たり外れが激しいんです。とても本場の方には勧められません。賭け事がお好きなら、止めませんけど」

「ふむ。では、ここはカレーにしておきましょう。食堂といえば、カレー。学生時代もそうでした。いまは大人なので、カツもつけましょう」

「劉さん、楽しそうですね」

「もちろんです！　そのために今日は来ました」

ほくほく顔で列に並ぶ劉に、和泉沢の顔もわずかにほころぶ。警戒心の一端がほどけかけているのを見て、陽菜子は舌打ちしたくなる。あれがもし本当に柳なら、まんまと掌の上で転がされていることになる。

——本当に、凜太郎なのかな。

どれだけ食い入るように見つめても、その顔にまるで覚えがない。惣真よりももっとたちの悪そうなあの眼差しは、一度見たら忘れられなそうなものなのに。

——でもまあ、しかたない、か。

柳凜太郎に会ったのはただ一度だけ。

それも陽菜子が中学にあがる前のことだ。

骨格や顔立ちの基本は変わっていなくても、その後の人生の歩み方によって人相も印象もいくらでも変わる。——そう、ましてあのとき、陽菜子たちの不意を突いて襲ってきた凜太郎は、ご丁寧に口元を黒頭巾で覆っていたのだから。

二人が席につくのを確認してから、一定の距離は保ったまま、とくに劉の口の動きが見やすい場所へと移動する。おにぎりをかじりながら視線をそらさず監視を続けるも、二人の会話は終始、しごくとりとめのないものばかりだった。劉が目の色を変えたのは、月に一回、食堂でマグロの解体ショーが行われると和泉沢が話したときくらいだ。時折、さりげなく社内セキュリティやフロアの配置についての質問もはさみこまれるが、誰でも五分も歩けば把握できる程度のことで、警戒しても仕方がない。

やはり注意すべきは帰り際か、と気を引き締めていると、

「そういえば今日、望月さんはいませんね」

と、話題が唐突に陽菜子にうつり、和泉沢は面食らったように目をしばたたいた。

「彼女は部署も違うので。このあいだは、たまたまついてきてもらっただけですし、今後お目にかかる機会もそうそうないと思いますよ」

「なんだ、それは非常に残念です」

「あの……それはどういう？」

「だって彼女、とてもかわいらしかったです。素敵な女性には二度会いたいと思うのは当然でしょう？　男二人でこうして顔をつきあわせてランチするよりも」

「……はあ」

おまえが強引におしかけてきたんじゃねーか。と、さすがの和泉沢も内心毒づいているのが丸わかりだ。

けれど劉は、薄笑いを浮かべたまま気にする様子はない。

「和泉沢さんは、彼女と親しいのですか」

「まあ、同期ですから」

「またぜひお会いしたいですね。和泉沢さんと一緒にいれば、チャンスもめぐってくるでしょうか」

「ええと、だからそれはどういう……」

「単純な興味です。彼女はどういう人なんだろう、と。武道でもやっていたのでしょうか、ああいう姿勢のよい女性が私はとても好きなのです」

その言葉を真に受けて浮かれるほど陽菜子もおめでたくはなかった。

唇をひとつ読むごとに、ぞわりと背筋におぞけが走る。

――気づいてる。

自分が見られていることに。

どこかに陽菜子が潜んでいることも。

さすがに位置まで見抜かれてはいないだろう。けれどどこの食堂のどこかから観察されていることを確信し、その上であえて陽菜子に聞かせている。

挑発しているのだ。何かできるものならやってみろ、と。

額に脂汗が滲む。ニットの下で肌が汗ばむ一方で、体の芯が冷えていく。

――この期に及んで何を甘いことを言っているんだ。

――自分の正体をあの柳に隠しきれると本当に思っているのか。

惣真の言っていたとおりだ。

陽菜子の思惑も里での立ち位置も、彼には一切関係ない。

無関係だと言い張ったところで聞いちゃくれない。陽菜子はすでに、当事者だ。

「まあ、もし劉さんがうちにくることになれば会えることもなくはないかと……同じ社内ですし。でも、それはそのときに機会があればということで」

あやふやな顔で曖昧なことをぼそぼそ言うと、和泉沢は盆に手を添え腰を浮かす。

「あの……すみません。そろそろ昼休みも終わりますので」

遠慮がちに言う和泉沢に、劉はわざとらしいほどに相好を崩す。

「これはこれは。無駄話をいたしました。貴重なお時間をいただき、ありがとうございました。とてもおいしかったです」

「はあ、まあ、ふつうのカレーですけどね」

「ふつうというのが一番おいしいものですよ」

「気に入っていただけたならなによりです。では、下までお送りしますよ」

「いえいえ、それには及びません。お忙しいみたいですし。私、ちゃんと来た道は覚えています」

「ですが」

「それにトイレもお借りしたいですし。あとはエレベーターを降りて、入館証を受付に返すだけ。ね、大丈夫。私も子供じゃありませんから、ちゃんとできます」

来たな、と陽菜子は丹田にぐっと力をこめる。

ＩＭＥでは、どのフロアもエレベーターホールから入室するには社員専用のＩＤカードが必要となる。劉の持っている入館証では、館内のどのフロアも出入りはおろか一階以外のエレベーターボタンを押すこともできないが、彼が本当に柳であるならば、そんなありきたりのセキュリティが障害になるはずがなかった。忍びでなくとも、一度社内に入ってしまえば、素知らぬ顔をして誰かについてまわるだけで自由に徘徊できてしまうのだから。

さすがの和泉沢も警戒を解ききれないのか、しばし考え込んだあと、

「一階のお手洗いまで案内します。入館証を回収しないと、ぼくが怒られてしまうんですよ」

と言って、いつものようにへらっと頬をゆるめた。そこには珍しく、一歩も引かない強情さが滲んでいた。

「そうですか」とあっさり引いた劉は、けれど、油断のならない笑みを薄く口元に浮かべる。

二人が連れ立ち食堂を出るのを確認すると、陽菜子は急いで階段口へと回った。食堂のある十七階からロビーまで、そのまま階段を駆け下りるのはさすがに遠慮したか

ったが、幸い鼠一匹の気配もなく、陽菜子は軽やかに手すりを飛び越えた。踊り場から踊り場へと飛び移っていけば、先回りできるはずだ。

計算通り、陽菜子がロビーについたのは、和泉沢たちの乗るエレベーターがつく三分前だった。おとなしく入館証を返した劉は、和泉沢に握手を求めたあと、入館ゲート脇のトイレへまっすぐ向かった。そこでようやく和泉沢は肩に込めていた緊張をほどき、元来た道を戻っていく。

——さて。

観葉植物の陰からその様子を見守っていた陽菜子は、小さく息をととのえた。

劉のあとを追うか否か。

けれど迷った一瞬を突かれ、唐突に左腕をぐいとつかまれた。そのまま腕を後ろに捻りあげられ、息を漏らす間もなく武骨な手で口をふさがれる。

——まさか、柳⁉

仲間がいたのか、と全身が硬直する。

けれど見上げたその先にあった顔は、

「……森川さん」

してやったり、というその顔は今日だけで二度目だった。唇の内側をぎゅっと噛んで、捻りあげられた腕をはずそうとするもびくともしない。

「お前ほんと、向いてないよ。里を抜けて正解だな」

「……放してください」

「あの男に、何かあるのか」

「だから放してくださいって。森川さんには関係のないことです」

ふん、と鼻を鳴らして森川はいともあっさり力をゆるめる。肩の関節がずきずき痛んだ。あの時と同じ、森川にはまるで容赦がない。

おそらくは、陽菜子が部署を出るより先に、森川のほうが気配を消して廊下にでも潜んでいたのだろう。最初から監視された状態では、どんなに巧妙に気配を消しても、よほどの手練れでない限り撒《ま》くことなんてできるはずがない。

「あー、なんか腹が痛いな。ちょっとトイレ行ってくる」

時間の無駄と思ったのか、森川は陽菜子を置いてすたすたとトイレに向かう。そのうしろ姿を眺めながら、脇の甘さに死にたくなってくる。これが惣真に知れたらいったい何を言われるだろう。いや、言われるだけならまだいい。今度こそ息の根を止められるかもしれない。考えただけで足の爪先までが冷えていく。

けれど二分足らずで戻ってきた森川は、飄々としていた行きと違って、ひどく渋い顔をしていた。

「誰もいない」

「……え？」

「用具入れにも、個室にも、誰もいなかった。気配を消していただけかもしれないが、だとしたら観察されている可能性もあるし、深追いはできなかった」

思わず天井を仰ぎ見る。

通風孔でも使って館内に舞い戻ったのだろう。おそらくは、どんな策を弄しても侵入を食い止めることはできなかったに違いない。だが今のところは、侵入したという事実をつかめただけでも収穫だった。劉は――柳は確かにＩＭＥを狙っている。

それよりも問題は。

「望月。お前、今度は何に首を突っ込んでる？」

「……たまたま見かけて一目惚れしたんです。ストーカーしてみました。若気の至りです。見逃してください」

「若気ってお前もうすぐ三十のくせに何言ってんだ。若さを武器にして許されるのはせいぜい二十五くらいまでだぞ。……いや、それも厳しいな」

「うわー、森川さん。それセクハラ。女性蔑視。ひどい、そんな人だったなんて。知ってたけど」

「第一、お前がストーキングしてるのは和泉沢のほうだろ」

「あらやだ、森川さんってば今度は社長の息子を呼び捨てにして。化けの皮がはがれてますよ。爽やかで如才ないのが売りなのに」

「そのよく回る口は嫌いじゃないが、いい加減にしないとひねりつぶすぞ」

「どうしたんですか、森川さんらしくないですね。直接的すぎますよ？　そんな正攻法で口を割る忍びがどこにいるっていうんですか」

「力ずくで割らせてやろうか」

「出た。それ、脅迫ですよ。今度はパワハラ。上司として問題じゃありません？」

「……望月」

「ほら行きましょう。午後の定例会、始まる時間じゃないですか。遅れると部長の訓話が倍になりますよ」

ほら、と腕時計を指し示すと、森川はひとまず口を結んだ。

十三時十分。会議は半からだが、資料の用意は陽菜子の仕事だ。

覚えとけよ、とつぶやく森川の、いつもなら肝が冷えそうな凄みもまるで効かない。

それよりも今は、劉の底知れぬ薄笑いが脳裏から消えてくれなかった。

和泉沢の所属する技術戦略室は、社長室や役員室が並ぶ最上階の一つ下、二十階フロアのすべてを占有していた。社運をかけた開発事業だから、というよりも万が一爆発事故が起きたときにそなえているからだと聞いている。そのためか、社員であっても関係者以外は立ち入ることができないほど厳重なセキュリティが敷かれていた。IDカードの入室制限に加え、指紋認証を導入するほどの念の入れようだ。さらに研究室に入る際には別のセキュリティカードを通す必要がある。柳が侵入しようと目論んだところで、簡単に事は運びそうになかった。

エレベーターホールに着くと、そこにはすでに和泉沢が待っていた。白衣の研究者姿はそれなりに様になっているが、陽菜子を見つけたとたんに締まりのなくなった顔が醸す雰囲気は、理科実験中の小学生だ。

それでも、終業時間を三時間過ぎても帰る気配のない姿には、わずかの同情を覚える。

「どうしたの、なにかあった？　珍しいね、望月から連絡をくれるなんて」

「差し入れに来た。はい、これ。好きでしょ」

「あ！　もしかしてピネードのシュークリーム？　わあ、ありがとう！」

「お客さんにもらったのが余ったから」

半分、嘘だった。

むしろ今日は天気が悪いせいか部には人が溢れかえり、奪い合いになっていたほどだ。誰にも気づかれないようちゃっかり二つせしめるくらい陽菜子にはわけなかったけれど、森川にはバレていたかもしれない。

——せめて、二つ目の指令くらいこなさなきゃね。

惣真の役に立つ義理などないが、自分の命を守るためにも保険は必要だった。

「ほんとにどうしたの望月。こんなに優しいなんて、熱でもあるの？」

「はったおすわよ？　志波《しば》工業の専務が、あんたが好きだっての覚えていてわざわざ持ってきてくださったのよ。異動したの忘れてたみたい」

「直接の窓口は前から森川さんだったもんね。ああでも嬉しいなあ、ちょうど一息つこうと思ってたんだ。あ、入りなよ。コーヒー淹れるから、一緒に食べよう」

「いいの？」

「うん。研究室はだめだけど、デスクなら問題なし。ぼく以外、もう誰もいないし」

がらんとしたフロアは、堅いにおいがした。

なぜだろう、館内はどこも構造も机の配置も似たようなもののはずなのに、なじみのない部署に足を踏み入れるといつも無機質な冷たさにくるまれる。

——忘れるな、〝場〟は生き物だ。慣れないうちは、無茶をするな。でないと足をすくわれる。

そういえば昔、潜入術の教師がそんなことを言っていたっけ、と思い出す。そのためにも偵察と十分な下調べは必要なのだと。

「一人で残業なんて、あいかわらずね」

「業務自体は終わってるんだけど……ぼく、昔から細かいところまで自分でチェックしないと気が済まなくて」

「知ってるわよ。うちの部にいたときからそうだったじゃない」

「え、あれ、そうだった？」

「そうよ。そういうところは、みんなあんたを信頼してたんだからね」

は、をわざとらしく強調してやるも、和泉沢は恐縮したように頭をかいた。

「みんなを信用してないわけじゃないんだよ。ただ癖で」

「だからわかってるってば。そのおかげでわたしたち、安心して仕事ができていたんだし」

確かに和泉沢は強気な営業や交渉事は苦手だ。というよりも部下から足手まといと陰口を叩かれるほど役に立たない。けれど資料の記入漏れやミスはもちろん、些細な矛盾も決して見逃さなかった。書類上のことであれば、取引先が仕組んだ巧妙なアンフェアさえ見破った。森川さえ見過ごすような些末なことでも。

「新しい部署だし、よけいに神経質になってるんでしょ。部下の性格や癖も、まだわかんないもんね」

「うん。開発ってどうしても、小さなミスが命取りになるからさ。うっかり水素爆発でも起こしちゃたまんないし。……あ、そこの椅子、適当に使ってね」

和泉沢の席はフロアの最奥にあった。

背後には広々とした棚が置かれ、荷解きを終えていないのか資料はまばらで段ボールも積まれていたが、いちばん手の届きやすそうな場所に電気ポットとコーヒーのドリッパーが置かれている。

「贅沢なことね。さすが新規事業の室長サマ」

「あ、ええと、ちがうんだよ。ぼく、コーヒー飲まないと集中できないの。資源開発課にいたときは、デスクワークよりも外回りが多かったでしょ？　だからなくても平気だったんだけど、だから」

「冗談よ、いちいち真に受けないの。うちのコーヒー、いまいちだもんね」

各フロアには無料の自販機が設置されているが、無料なりの味しかしない上に、機械が古くなっているせいで最近とみに粉っぽいと悪評だ。

和泉沢が自分で持ち込んだらしいコーヒー缶をあけると、ふわんと深煎り豆の濃厚な香りが漂った。

しゅっしゅっとお湯の沸く音を聞きながら、和泉沢のデスクをさりげなく観察する。

だがいくら和泉沢とはいえ重要な情報を目に見える場所に放置しているわけもなく、不動産屋の名前が印刷された間取り図が数枚重ねられているのだけが目についた。

「なにこれ、引っ越しでもするの？」

「んー、うーん。わかんない。でも実は、週末から家を出てて」

「え？　なんで？」

「父とちょっとね、やりあっちゃってさ」

バツが悪そうに、和泉沢はてへっと笑う。

「珍しいわね、日和見主義のくせに。喧嘩しても、一方的にやりこめられて終わるタイプかと思ってたわ」

「いつもはそうなんだけど、今回ばかりはぼくも退《ひ》けなくて」

「……劉さん絡み？」

「そんなとこ。でも、それはただのきっかけかなあ。前から父さんとは意見があわなかったし……」

「今日、一緒にいるのを見かけたわ」

「あ、それで心配してきてくれたの？」

「べっつにー」

「そっか、ありがとう。えへへ」

人としてまっとうに生きることが成功への近道だ。社員全員が幸せになれる会社をつくることこそが、社会的意義にもつながっていく。

今の時代、口に出すのもこそばゆいような理想論を正面からふるう会長に、和泉沢は心から傾倒している。会長を時代遅れと叩く社長とは、根本的に相容れない。

「まあ、もともと一人暮らしすることは考えてたからちょうどよかったんだ。ぼくももう三十過ぎだし、いくら家族とはいえ社長と一緒に暮らすっていうのも問題ある気がしていたし。入社する時に出るべきだったんだけど、父を一人にするのも気がひけちゃってさ。あの人、家事全般まるでできないから」

そういえば和泉沢には母親がいないのだった。和泉沢を産んでまもなく病気で早逝したと聞いている。

「もしかして、家のことは和泉沢が全部やってるの？」

「中学くらいから少しずつね。父も兄も、なーんもやらないんだもん。昔はばあちゃんの家に預けられてたし、ハウスキーパーみたいな人も入ったりしてたけど……自分のことは自分でやったほうが気持ちがいいんだよね」

「意外。あんた、包丁も握れなさそうなのに」

「ひどいなあ。これでも料理はけっこう得意なんだよ。実験みたいで楽しいじゃん」

「たしかに手際がいいわね」

こぽこぽと音をたてながらドリッパーにお湯を注いでいく姿は、会社員というより熟練のバリスタのようだった。コーヒーメーカーでも置けば楽だろうに、会社に喫茶店さながらの道具を設置するところが世間離れしたお坊ちゃんらしい。新しい部下たちにやっかまれていないか心配になってくる。

——ま、それはないか。

和泉沢のことだ。コーヒーを淹れるときはきっと全員にふるまっているだろう。よく見れば隅にティーポットまで置いてある。ずいぶん優雅な新部署だな、とむしろ陽菜子がやっかみそうだ。

ふわふわに膨らんだコーヒーの粉を眺めながら、和泉沢から渡されるマグカップを受けとると、苦みにまじって花のような甘いにおいが陽菜子の鼻孔をくすぐった。

「そういえば望月も、お父さんと仲悪いんだよね」

「……なんで知ってるの？」

「だって自分でそう言ってたじゃない」

「え、いつ」

「新入社員研修のときかな？　ほら、みんなで合宿に行ったでしょう」

「それは覚えてるけど」

入社したての四月、会社の保養施設に放り込まれたのだった。

会社の概要説明から始まり、ビジネスマナーや名刺交換の仕方からお茶の出し方まで、社会人としての基本を叩きこまれた。レクリエーションと称し、夜通し山の中をグループで歩かされたのには、心底うんざりしたものだ。里での訓練に比べたら重りを背負わされるわけでもないハイキングなど気楽なものだったが、大変だったのは、女性の様子をうかがいながら適度にばてたふりをしなくてはいけなかったことだ。痛くもない足をさすって座り込んでいる時間が何より陽菜子を疲弊させた。素顔をさらすわけにもいかないから、誰よりも遅く寝て早く起きるというのもそれなりに骨が折れた。

ある意味で、気の抜けない三泊四日だったのだ。

「わたしたち、グループも別だったわよね？　そんな話する機会あった？」

「あったよう。覚えてないの？　最後の夜、宴会のとき」

「そう……だっけ。そういえばそんなこともあったような」

山歩きを終えた疲労と寝不足で、最終日は誰もが目をぎらつかせていた。妙な一体感が生まれていたせいもあるだろう。酒の進みは早く、普段はちびちびと可愛らしく飲むだけの女子も、猫の皮をおきざりにして豪快にはしゃいでいた。

中でも、先陣を切って杯をあおっていたのが、当時すでに彼氏だった柏木だ。真っ先につぶれた彼を介抱するふりをして、陽菜子はその場を抜け出した。幼い頃からアルコールに慣らされた上、体質のおかげもあって、一升瓶を空けても酔わない陽菜子にとって、度を過ぎた酔っぱらいは迷惑なだけだ。柏木を布団に放り込むと、そのまま夜風にあたりに外に出た。

そこに和泉沢がいたのだ。

「あのころはまだ、みんなとの間に距離もあってさ。なかなかなじめなくて、ぼうっとしてたら、望月が来たんだよ」

「社長御子息なんて扱いづらいことこの上なかったからね」

「でも望月は、最初から普通だったよ。むしろ今より辛辣だったくらい」

嫌いだったからね、とは言わない。

里と断絶したばかりだった陽菜子には、迷いもなく家族企業に入社してぬくぬくしている和泉沢が妙に癪にさわった。子供じみた嫉妬と八つ当たりでしかなかったと、わかっているから情けなくて口にもできないけれど。

あの夜もまだ、そんないわれもない敵愾心《てきがいしん》に満ちていたから、和泉沢と会話したといってもだいぶおざなりだったはずだ。何を話したのかさえ覚えていない。

「わたしもそれなりに酔ってたのかしら。あんたに家のことを話すなんて」

「どういう意味だよう。ひどいなあ、ぼくはずっと望月と話してみたかったから、あのときはすっごくうれしかったのに」

「ええ？　なんでよ」

「前にも言ったじゃない。懇親会のとき、望月がじいちゃんに憧れて会社に入ったっていうのを聞いて、気になってたって。ぼく、あの合宿で楽しかったのは、望月と話したあのときだけだったな」

はにかみながらコーヒーをすする和泉沢に、陽菜子の動きは止まる。

——だからどうしてこの男はそういうこそばゆいことをさらっと。

だけどここで怒るのもばかみたいで——意識しているのは自分だけだと思い知らされるようで——陽菜子はマグカップを握る手にぐっと力をこめる。

「……あんたってほんと、どうでもいいことをよく覚えてるわよね」

「どうでもよくなんてないよ。ぼくにとっては大事なことだよ」

「はいはい、そうですか」

「あのとき、望月と友達になりたいなあって思ったんだ。誰かにそんなこと思ったの、はじめてだったんだよ」

「あんた、友達いなかったんだもんね」

「うん。ていうか、他人にあんまり興味がなかった。勉強や実験しているほうが楽しかったし」

「いやな奴ね。そんなあんたに興味を持たれるほどのこと、わたし言った？」

「え……」

そこではじめて虚を突かれたように、和泉沢は黒目をくるりとまわした。

「……ナイショ」

「はあ？　この流れで？」

「うん。だって恥ずかしいじゃない」

「もっと恥ずかしいこと、散々言ってたけど⁉」

「でもナイショ。うわあ、思い出したら照れてきた」

「ちょっとやめてよ。なに言ったのよわたし！」

ナイショだよう、と和泉沢はもじもじしながら紙袋からシュークリームをとりだす。

いろんな意味で気色悪かったが、これ以上問いつめても答えないのはわかった。陽菜子のぶんも渡されて、渋々と柔らかくなってしまったシュー生地にかじりつく。

——なにを言ったんだろう。

まるで覚えていないから、たいしたことではないはずだが、そういえば和泉沢が妙に懐いてくるようになったのは、あの合宿以降かもしれない。

あの時の陽菜子には、想像もつかなかった。

和泉沢にとっての唯一の友達、なんてポジションに自分が据え置かれるなんて。

「……友達、ね」

「ん？　なに？」

「べつに。わたしと友達になりたがるなんて、あんたくらいのものだなあと思って」

「え、そう？　このあいだ会った穂乃香さんは？」

「穂乃ちゃんはまた別。腐れ縁みたいなものだもの。……本当は、あんたのこと言える立場じゃないのよね。わたしだって、ほかに友達なんていないんだから」

「そうかなあ」

と、和泉沢はのんびり首をかしげる。

「ぼくと違って、望月は人に好かれやすいと思うんだけど。ほら、森川さんとだって仲いいじゃない？」

「ん、ぐっ？」

思いもよらぬ名前に、飲み込みかけていたシュークリームがのどに詰まる。

「森川さん？　なんで？」

「このあいだ部署に遊びに行ったとき思ったの。ぼくが上司だったときより、なんだか雰囲気いいっていうか、阿吽の呼吸ってこういうことというのかなあって」

「なによそれ。仕事以外でほとんど口きかないわよ、森川さんなんて」

「そうなの？　なんか前よりも親密になってる感じがしたんだけど……」

たしかにある意味で距離は縮まっているが、親密になった覚えはない。むしろ以前よりも関係は悪化しているともいえる。

のどに残る生地のかけらをコーヒーで流し込みながら、陽菜子は軽く咳払いする。

「単に部を離れたあんたが、勝手に疎外感おぼえてやっかんでるだけじゃないの」

「じゃあ向坂さんは？」

「……なんでその名前が出るのよ？　ただの知り合いだって言ったよね？」

「うーん、そうだけど」

「だけどなによ」

「なんか気になるんだもん。二人が並んでる姿がしっくりきたっていうか、雰囲気がそろってたっていうか」

「だからあんたは根拠もなくなんとなくで話すのやめなさいって」

無自覚にずばずばと核心ばかりを突かれて、かなり心臓に悪い。

「それに劉さんも」

「は？」

「……なんでもない。あ、そうだよ。柏木くんとだって、ぼくより前から仲良かったんだよね」

「そりゃそうでしょうよ、入社前からつきあってたんだから。ていうかさっきからなんなの、あんた。いったい何が言いたいの？」

「望月にはぼくよりほかに仲のいい人がたくさんいるってことだよ」

そう言って唇を尖らせる和泉沢はまぎれもなく拗ねていて、陽菜子は言葉を失う。

「……あんたにだって、わたしより仲いい人はいるでしょうよ」

「えー、いないよー。言ったじゃん、ぼくの友達は望月だけだって。ぼくにとって望月は特別なのに、望月にとってのぼくはそうじゃないんだなあと思ったら、ちょっとさみしくなっちゃったんだ」

なにを言っているのか理解できないのは和泉沢が究極にあほだからなのだろうか、それともエリートの脳みそは回転が速すぎて陽菜子がついていけないだけだろうか。

思わずシュークリームを握る手に力がこもり、カスタードクリームがスカートの上に盛大に垂れる。

「わあ、望月。なにしてるの、よごれちゃうよ」

「あ、やだ！」

「ウェットティッシュあるから使って。わー、もったいない」

あわてて残りを口の中に放り込み、よごれた手とスカートを拭き取る陽菜子を見て、和泉沢はぷっと吹き出した。

「あはは、望月。今度は顔についちゃってる」

「え？」

「なんだか子供みたいだよ？　望月って、しっかり者なのにときどき抜けてるよね」

そう言って和泉沢は、陽菜子の口元についたクリームとシュガーパウダーを、なにげなく親指で拭う。そのあまりに自然な動作に硬直した陽菜子を見て、自分が何をしたのか自覚したのか、和泉沢のほうが真っ赤になって動転する。

「わ、ごめん！　これってセクハラかな⁉」

「べつに……って舐めるのはやめなさいよ、それのほうがセクハラ！」

「あわわ、ごめん。うわ。ほんとごめん！」

陽菜子から受け取ったウェットティッシュで必要以上に指をごしごし拭いてから、恥ずかしい、と両手で顔を覆う和泉沢は陽菜子よりもよほど少女漫画の主人公だ。乙女度が高すぎて、毒気が抜かれる。おかげで怒る気力も削がれたが、それよりももっと深い脱力感が陽菜子を襲う。

和泉沢の行動は、幼児に対するそれと同じだ。つまりは陽菜子のことをまるで意識の対象としていないということで。それもある意味セクハラなのかもしれないけれど。

——ばかみたい。

友達だとか、特別だとか。

和泉沢の言葉には、言葉以上の意味なんてこめられていないのに。

こんな些細なことで狼狽えてしまう自分が、本当に、馬鹿みたいだ。

「友達なんかいなくても、あんたにはすぐ彼女ができるじゃない。とっとと新しい相手を見つけたら」

「えー、だって最近、忙しいせいで全然そういう相手に出会えないんだもん」

「小春さんがいるでしょう」

「小春さん？　なんで？」

「なんでって……」

「望月こそ、このあいだからずいぶん小春さんのこと気にするよね」

いやだってそれはあんたがあからさまに彼女に好意を抱いているからで。

と、言いかけてやめる。もしかしてこの馬鹿は鈍感すぎて自分の気持ちにもまだ気づいていないということなのだろうか。彼女と話すだけであんなにもわかりやすくうきうきしていたのに。

「……誰でもいいから、とっとと彼女つくりなさいってば。そうすれば友達なんていなくたって気にならなくなるから」

「えっ、どうして？」

「特別な存在がほしいんでしょ？　だったらそれがいちばん手っ取り早いでしょう」

「それじゃ意味ないよ。ぼくは友達である望月の、特別になりたいんだから」

「どうしてそんなに友達にこだわるのよ」

「どうしてって……だって彼女よりも友達のほうが大事じゃないか」

――あ、だめだ。本気でなにを言ってるかわからない。

小さく眩暈《めまい》がして陽菜子はこめかみに手をあてた。

「彼女とは別れちゃうけど、友達とはずっと一緒でしょ？」

「……結婚したら、彼女とも一緒にいられるでしょうに」

「あー、そっかあ。そういう考えもあるよね」

「あんたいくつよ。この年になったらそういう考えのほうが一般的でしょうよ」

「でもぼく、そんなふうに思える女の人と会ったことないからなあ」

「……長続きしないからね」

女を見る目がない――というよりも疑うことを知らなすぎるせいで、さんざん貢がされたあげくに捨てられたりキープされたり二股をかけられたり、と残念な経験が多すぎるのだ。

「いままでつきあった子たちはさ、みんなかわいかったし、一緒にいるとすごくドキドキしたけど、それが長く続いていく感じはしないんだよねえ。なんでかなあ」

「知らないよそんなこと」

中学生男子とでも会話している気分だった。いや、いまどき小学生だってこいつよりはませているはずだと思う。口に残ったカスタードクリームの甘みと和泉沢の甘っちょろさがからみあって胸焼けがする。

「友達なんて必要ないって思ってたけど、でも、本当は憧れてたんだ。ずっと一緒にいても飽きなくて、信頼しあえる関係っていうの？　いつかぼくにもそういう人が現れたらいいなあって」

「はあ……」

「だからさ、望月はいつまでもぼくと友達でいてよね」

無邪気に笑う和泉沢に対してこみあげる感情が、苛立ちなのか庇護欲なのか、陽菜子にはもはやわからない。

ただそれを、恋愛感情と認めることだけはひどく釈然としないのだった。

もう少し仕事をして帰る、という和泉沢を置いて陽菜子はひとり会社を出た。

携帯電話をとりだして、惣真に電話をかけようか迷う。報告義務はあるだろうが、なにをどう言えばいいのかわからない。

――それに。

隠すつもりのない殺気が先ほどからずっと背後についてまわっていた。無視して撒くという手もあるが、これほどあからさまな挑発をスルーできるほど陽菜子も大人ではない。

踵を返し、駅とは反対方向へ向かう。

おあつらえむきに今夜は雲が厚くて月も見えない。懸念されていた雪が積もることはなかったけれど、空気は肌を刺すように痛い。ぬくまっていた社内から急に温度が下がったせいで、全身の皮膚の表面が一気に乾いて冷えていく。

人けのない横道にすべりこむと、心なしか夜闇がいっそう濃くなった。動きが鈍くならないうちに、電柱の陰に隠れた陽菜子は、すばやく九字《くじ》の印《いん》を結ぶ。精神集中のための動きだが、指先と手首を動かすことで身体も多少あたたまる。股関節をのばして首をまわしてから、今度は目を閉じて鼻から細くゆっくり息を吸った。

息が腹に落ち、全身にめぐるのを感じると、音もなく今度は静かに倍の時間をかけて息を吐く。

それを二度繰り返すと、最後にハイヒールを脱いで鞄を置いた。

コンクリートのひんやりとした感触に、取り戻した体温が奪われそうになるが、かえって身体感覚は研ぎ澄まされる。

——穂乃ちゃんに借りといてよかった。

特製の仕込針が胸元に二本。

それから、バレッタに見せかけ先を尖らせた寸鉄が一本。

十分とは言えないけれど、その場しのぎにはなるはずだ。だがこの少ない手数で対抗するには、先手を打つよりほかにない。向けられる殺気は闇にまぎれはしたが、消えたわけではなくむしろ強まっている。これ以上引き延ばせば、相手が先に動くだろう。陽菜子は最後にもう一度深い呼吸をすると、すばやく一歩前に踏み出した。殺気の放たれている方角より十五度ほど右にずらして針を投げる。

息をのむ音が聞こえ、それと同時に陽菜子の耳元を何かがかすめた。とっさに飛び上がると足元で小さな爆発音がして白い煙が立ち込める。煙を吸わないよう、息を止めてすかさず電柱を蹴って背の塀にあがるも、それさえ計算通りというように、間髪入れずに鋭い切っ先が飛んでくる。反射的に寸鉄ではねかえしたその瞬間、目の前で破裂音が響いて粉塵が舞った。目をつむっても間に合わず、視界が赤くそまったところで陽菜子はバランスをくずして道へ落ちる。

——しまっ……。

受け身をとっても間に合わない、着地するときを見計らって新たな刃が飛んでくるだろう。やはり陽菜子程度が応戦したところでたかが知れていたか、と痛みを覚悟したそのとき、新たな影が目の前に覆い被さる。

「……愚図め。成長しないにもほどがある」

聞き覚えのある声が耳元で囁かれ、陽菜子の身体が宙に浮いた。誰かに抱かれている、と気づいたときにはもう拓けた視界の中にいた。目をしぱしぱ瞬かせているうち鮮明になってきた視界に映ったのは、苦々しげに奥歯を噛みしめた惣真の姿だった。

「なんで……」

「勝算もないくせに挑発に乗るな。実力もわきまえない無能が」

吐き捨てる息が、額にかかる。

惣真は面倒くさそうに陽菜子を地面に下ろした。

これほど感謝する気の失せる助けられ方があるだろうか、とげんなりするも、反論などできるはずもなく、陽菜子は黙ってこうべを垂れる。それよりも今は、眼球に張り付いた残りの粉を涙で押し流すほうが先だった。

「こんな仰々しい真似をしなくても他にやりようはあったろうに。さすが目立ちたがりの道化はやることが違う」

張り詰めた空気の中で、惣真の声がぴんと張る。ただ立っているだけなのに、そこには一分の隙もない。

　それを悟ったのか、やがて闇から抜け出すようにゆらりと影が現れ出た。

「その道化に傷一つつけられない女が次期頭領とはな。そんな女を守らねばならぬ貴様はさらにその下ってことか？」

　妙に軽々しい、けれど聞き覚えのある声が響き、惣真はふんと鼻を鳴らした。

　頭巾で口を覆っていても、その下で三日月型に唇が吊りあがっているのがわかる。人の心をざわつかせるその薄笑いは、まぎれもなく劉明――いや、柳凜太郎のものだ。

「久しぶりの再会なんだから、もっと楽しませてくれよ。なあ？　望月の頭領娘に、向坂の次男坊」

「あいにく俺はそれほど暇じゃない。第一、この女はもはや里とは無関係だ。情報更新もできない時代遅れがさかしらに口を開けば恥をかくだけだぞ」

「へえ？　無関係ならなぜ守るんだ？　人の心がないと噂の天才も、元婚約者には未練たっぷりってわけか。ずいぶん可愛らしいギャップだな」

「もう一度言うが、俺はお前と違って暇じゃない。くだらんお喋りが目的なら十分用は果たしただろう。見逃してやるからさっさと去《い》ね」

「そう言うなよ、こんなところで再会するのも宿縁の証だと思わないか？」

「死人が冥府から舞い戻ったところで、所詮は住む世界が違う。相手にもならんな」

「……死人だと?」

「ああ。くだらんイデオロギーを掲げて里を抜けた時点で貴様ら一族は死んだも同然だ。この馬鹿騒ぎを見ればわかる。忍びとしての心根も誇りも何もかも失った貴様らの姿は俺から見れば腐乱死体そのものだ。おとなしく墓の下で眠っていろ」

「はっ。心根?　誇り?　貴様らのほうこそ進化を忘れた猿以下だろうが。前時代のくだらない風習にとらわれたまま、自分の頭で考えることさえできないんだから哀れすぎて涙が出てくるよ」

「規則を変えろと喚く奴らは大抵、自分の無能を認められずに周囲と時代のせいにする。どこの世界も変わらんな」

「ちょ、ちょっと惣真……そのへんにしときなさいよ」

十分ムキになっている、ような気がするのは陽菜子だけだろうか。

夜目に慣れてきて、だんだん柳の表情もはっきりしてきた。糸のように細めた目の隙間からも感じ取れるぎらつきは、惣真の冷酷さとは比較にならないほど独善的で残忍だ。自分も立ち向かわなくちゃと思うのに、身体がちっとも動かない。惣真に庇われたままの状態では、どれだけ眼力を飛ばそうと効果があるはずもなかった。

現に柳は、陽菜子など敵の数にも入れていない。その眼光がまっすぐ注がれるのは惣真だけだ。

「……そこまで言うなら、勝負をしようじゃないか」

と、妙に穏やかな声で柳が言った。

「勝負？」

「ああ。貴様らがいくら邪魔したところで、俺たちは必ず目的を達する。どんな手を使ってでもな。だが逆に、俺たちがいくら脅したところで、貴様らは邪魔しようとするんだろう。せせこましい小競り合いは互いに時間の無駄だ。目の前をむやみに飛ぶ小蠅《こばえ》ほど鬱陶しいものもないしな」

「要するに、わかりやすく一発で片をつけようということか」

「話が早いじゃないか」

「……方法は」

「そんなことまで教えてやる義理はないね。俺たちは、仕掛ける。貴様らはそれを勝手に食い止めればいい。ま、無理だと思うけどな」

そう言うや否や懐に右手を突っこんだ柳に、惣真が全身で身構える。

だが柳が投げつけたのは、惣真に向けてではなく自分の足元だった。音もなく黒煙が立ち込め、惣真に半呼吸遅れて陽菜子も息を止める。だが、煙にさしたる効用はなかったらしく、夜空に吸い上げられるように立ち上ったかと思うと、すぐに柳の姿とともに消えた。

「自己顕示欲の塊だな」

舌打ちとともに惣真が吐き捨て、場の緊張感がゆるむ。

けれど陽菜子の心はちっともゆるまなかった。惣真がいなければ今ごろどうなっていたかわからない。さすがに往来で命をとられるようなことはなかっただろうが、捕えられて身ぐるみはがされるくらいはされていたかもしれない。

――あのときと同じだ。

立ち尽くしている陽菜子のつま先に、惣真は拾い上げたハイヒールを投げつける。

「とっとと履け。行くぞ」

「行くって……どこに。ていうかどうしてあんたがここにいるのよ」

「危険が去ったと思えば急にまわる口だな、調子のいいことだ」

右の瞼をぴくつかせる惣真は、いつもの鉄面皮がはがれ、苛立ちを隠すつもりがないらしい。陽菜子の胸ぐらをのどが絞まる寸前までつかみあげ、柳に向けたよりもさらに強い嫌悪のまじった目で睨みおろす。

「出るのが早かったようだな。血を流せばお前も自分の愚かさが少しは自覚できただろうに」

「はなしてっ」

「盗聴器を仕掛けられていたことにも気づかない間抜けがでかい口を叩くな」

ワイシャツの襟裏から惣真が引きはがしたのは、丸い絆創膏だった。まんなかがわずかに膨らみ、電子チップのようなものが仕込まれているのがわかる。

「い……いつのまに……っ」

「喚《わめ》くな。まだスイッチを切ってないんだ。耳に響く」

わざとらしく顔をしかめ、惣真は左耳からやはり微小のイヤホンをとりだす。

「それにしてもお前は本当にクソほどの役にも立たないな。いや、それどころか俺たちにとって有害でしかない。森川には感づかれる、劉に社内への侵入を許した上にまんまと襲われ、今日一日でお前がした成果といえば、ぼんくらの懐に入り込んだことくらいか」

「なっ……聞いてたの⁉」

「当然だ。なんのための盗聴器だと思ってる」

「あんたねえ、プライバシーって言葉知ってる⁉」

「そんな高尚なものがお前に与えられているわけないだろう。心配しなくてもお前とぼんくらがどれだけいちゃついていようが興味はない」

「誰がいちゃついてたのよ、誰が！」

「あんなものを聞かされ続けた俺の身になれ。拷問を受けるよりひどい苦しみがこの世にあるのかと絶望しかけたぞ。下手なポルノを見せられるよりも吐き気がするからすでに記憶から消去した」

「聞いてくれなんて頼んでないわよ。自業自得じゃない！」

「だから喚くなと言っている。それ以上大声を出すなら、力ずくで塞ぐぞ」

惣真の指先にわずかに力が込められたのを知って、陽菜子はおとなしく黙り込んだ。

惣真なら、顎の骨を割るくらいはやりかねない。

「ま、基本的には想定内だ。対ぼんくら要員としてしかお前に価値がないことはしっかり証明されたがな。せめてその調子で研究室にも入り込め。そうでなければ柳に対抗する手も打てん」

「対抗ってどうするのよ。勝負っていっても、いつ何をするかもわからないのに」

「お前は本当に馬鹿だな。柳の言い分にも一理ある。確かにお前は進化を忘れた猿以下だ。喚くしか能がないなら檻の中に入っていろ。つまりはとっとと里に帰れ」

「惣真！」

「…………低能のお前にもわかりやすく説明してやろう。今日のように意味もなくお前や俺たちを襲うようなことはしない。そのかわり俺たちもあいつの仲間を探し出して叩きのめすことはしない。里の因縁は置いといて、ひとまずはビジネスの上で決着をつけるということだ」

「でもそんなの……向こうが守るかどうかわからないじゃない」

「守るわけないだろう。水面下でどう攻防するかも含めて勝負だ。だからお前にぼんくらを取り込めと再三言っているんだ。これでも理解できないなら柳の前にお前の脳みそを叩き割るぞ」

「そんな……」

「わかったら早く靴を履け。行くぞ」

うつむいたままの陽菜子に、惣真はうんざりしたように眉間をつまむ。

――だから、いやなのよ。

どうして自分が起因でもない争いに身を投じなければならないのだろう。危険に身をさらさなければならないのだろう。このあいだの買収話とはわけが違う。同じ忍びが相手なら、命だってあっさり奪われかねない。陽菜子だけじゃない、現場に身を置いている穂乃香はもっと危険にさらされるだろう。

そして誰より危ういのは。

「……お前は昔から本当に変わらないな」

睨みつける陽菜子の視線から逃げるように、惣真はふいと顔をそらした。

「三つ子の魂百までとはよく言ったものだ。言ってることもやってることも、あの頃となにも変わらない。くだらない感傷など捨てろと何度言ったらわかるんだ」

「何度言われたってわからない。どうせわたしは低能の甘ちゃんよ。忍び失格、頭領娘失格だもの」

「だったらせめてできる範囲で役に立て。あのぼんくらを動かせるのは、おそらくお前だけなんだからな」

「そうかしら。あいつを籠絡したいならわたしよりも穂乃ちゃん使ったほうが手っ取り早いんじゃない？」

「……なに？」

「家を出たっていう今がチャンスでしょ。特定の彼女もいないみたいだし、穂乃ちゃんじゃなくても、女をけしかければきっところっといくわよ」

「お前には耳がついているのか？　ぼんくらの言ってたことを何も聞いていなかった

のか」

「あんたこそ聞いてた？　そりゃあ、唯一の友達ですから？　わたしが信頼する相手だと言えば、あんたのことも信頼するかもしれない。だけどそれだけ。……それだけなんだから」

物真の提案に乗るというのは、和泉沢にとって、社長に正面から盾突くということだ。それほどの決断を後押しするには、陽菜子ではきっと足りない。

柔軟に、心の隙間にすべりこんで誘導する。

それは陽菜子にはできない、〝女〟の仕事だ。

だが惣真は、これまで以上にうんざりしたような長い長い息を吐いた。

「……もういい。お前の理解力がぼんくら以下なのはよくわかった」

「なによ、それ。わたしはわたしなりに真剣に……」

「お前が足りない脳みそを使ったところで話がこじれるだけだ。もういいから行くぞ。俺は時間が惜しいんだ」

「行くって、だからどこへ」

「決まっている。穂乃香の店だ」

「なんで」

「来ればわかる。……まあ、わかった瞬間、お前は生きていることを後悔するはめになると思うがな」

そう言うと、惣真は底冷えするような眼差しを暗闇にぎらりと光らせた。

4

「あら、向坂様。おかえりなさいませ」

店に入るなり、上品な薄紅色の着物をまとった女性が陽菜子たちを出迎えた。惣真は慣れた様子で、挨拶がわりに軽く顎を引く。

女性――ママの巴《ともえ》は、着物と同じく品のいい笑みを口元にうっすらたたえた。

「可愛いらしいお連れ様ですね。向坂様のいい人ですか？」

「……俺は面食いです」

「どういう意味よ、それ」

「そのままの意味だが」

「まあまあ、仲のおよろしいこと。上着、お預かりしますよ」

穂乃香の勧めるクラブ「R」は、銀座というよりは築地にほど近い、うらさびれたオフィスビルの七階にある。看板一つ出していないのは、もちろん一見客や冷やかしを遠ざけるためだ。公にはされていないが、ビル自体が「R」――というよりも巴の所有で、必要に応じて他階の扉も開かれるという。つまりは密談にはもってこいの知る人ぞ知る隠れ家なのだった。

「奥でお連れ様がお待ちですよ。アキホがお相手させていただいております」

「ありがとうございます。場所、お借りします」

そう言って、にこりともせずにずんずん店の奥へと進んでいく惣真のうしろを慌てて追う。そのあまりに堂々とした態度に、惣真が店の常連だということがわかる。なんだか、おもしろくない。

「驚いた。あんたにもお礼が言えたのね」

「俺は、相応の敬意を払うべき相手には払う」

「里にいたころから、年も立場も上のわたしを敬ったことなんてないくせに」

「それはお前が、年も立場もすっ飛ぶほど救いようのない馬鹿だったからだろう」

「……あんたって人は、少しでも毒づかないと死んじゃう病気でも持ってるわけ?」

「仕事以外で嘘をつくのが面倒なだけだ」

場所が許せば飛び蹴りの一発でも食らわせてやりたいところだったが、そうする前に惣真は衝立の前で足を止めた。顎をしゃくって、先に行け、と命じる惣真に陽菜子はわざと唇をゆがめて進み出る。

からんころんと氷の揺れる音がする。

衝立の奥でアキホ――穂乃香のつくる水割りを受け取っているのは、よくよく見知った顔だった。

「よう、遅かったな」

勝ち誇る上司の顔を、一日に三度も見るはめになるとは思わなかった。

ぞっとして振り返ると、惣真が眼鏡の奥で静かな怒りをたぎらせ、陽菜子を見据えている。

――来なきゃよかった。

けれど退路を断たれていては逃げるすべもない。どうも、と低い声を漏らして陽菜子はしぶしぶ森川の隣に腰かけた。

「……どういうことですか？」

「この間、三井《みつい》さんに連れられてきた時から、怪しいと思ってたんだよな。このアキホって女も、ただのホステスにしては隙がなさすぎるし」

「お褒めにあずかりましてどうも」

と、返す穂乃香の眼差しは冷ややかだ。三日月形のソファの端に惣真が腰を下ろすと、穂乃香はようやく陽菜子を横目でちろりと見やった。わざとらしく頬をふくらませてみせるものの、その目はやっぱり惣真と同じで笑っていない。

「森川様ったら、突然一人でいらっしゃったかと思えば、望月を呼べっておっしゃるの。存じ上げませんって何度も言うのに、しつこいったら」

「だが、こうして望月は来たじゃないか。大本命も一緒にな」

森川はにたりと笑って惣真に視線を投げつける。

「向坂惣真。……ようやく会えた」

「俺に男色の趣味はない。悪いがよそをあたってくれ」

「そうはいくか。その名前を知ってからずっとこの日を焦がれていたんだ。俺をいいように扱ってくれた礼をしたくてな」

森川は見るからに濃度の高い水割りを、ぐいと一息にあおってみせる。

「まさか、こんなガキとは思わなかったが」

「三井からの持ちかけは、あんたにも悪い話じゃなかったはずだろう」

「それとこれとは話が別だ。俺は誰かの思惑に乗っかるのが——乗せられるのが何より嫌いなんでね」

裏にお前みたいなのがいると知っていたら動かなかった、と吐き捨てるように言う森川の、唇はかすかにひきつっている。

なぜ惣真を呼んだのだろうと穂乃香に視線で問う。引き合わせれば火花が散ることくらいわかっていただろうに。

穂乃香は長い髪をかきあげて、けだるげに深い息を吐く。

「柳について、話がしたい。そう言うんだもの、この人」

声のトーンは保ったまま、呼吸がわずかに低く落ちた。忍び言葉に変えた穂乃香に、森川は片眉を上げる。

「ヒナちゃんってば。今度はいったい何をしたの？」

「う……ごめんなさい」

「よかったわ、無事に店に来てくれて。道中、惣ちゃんに埋められてるかと思った」

「そうしてやりたいのは山々だったがな」

同じく声を忍ばせた惣真は、疲れた様子でネクタイをゆるめ、穂乃香のつくった水割りを受け取る。森川の飲んでいたものより、わずかに薄い。

「ヒナちゃん、なに飲む？」

「……烏龍茶」

「ウーロンハイね。ちょっと待ってて」

席を立つ穂乃香の背中を無遠慮に眺めまわしてから、森川はかわいそうなものを見るような視線で陽菜子の全身を舐める。

「同じ里のくノ一でも、こうも出来が違うかね」

「彼女は里の中でも別格なんです。一緒にしないでください」

「まあ、人間、生まれ持ったものを努力で変えるには限度があるからなあ」

「森川さん。いい加減、セクハラで訴えますよ」

「……それで。ここへ来た目的は」

何をはしゃいでいるのかと、視線でいさめられて陽菜子は身を縮める。

焼酎ボトルを持って戻ってきた穂乃香に、無遠慮に空のグラスを突き出すと、森川は尊大にそっくりかえり、ソファに沈み込んだ。

「俺と組まないか？」

「……なに？」

「中国と絡むだけなら口出しする気もなかったが、柳が噛んでいるとなれば話は別だ。あいつらがまっとうなビジネス交渉で済ませるはずがない。会社が損害を被れば、俺にも火の粉がかかる」

「……あの、森川さん。そもそもどうして柳を知っているんですか」

「どうもこうも、お前がバレバレの追尾なんかするからだろ」

「でもわたし、相手が誰かなんて言ってません」

陽菜子が追っていたのが誰だったのか、陽菜子がなんのために動いていたのか、その程度の予測なら、森川ならすぐに立てられるだろう。けれどこの短時間で劉と柳を結びつけるなんて、いくら何でも早すぎる。むしろ最初から柳と通じていると考えたほうが自然だ。

けれど森川は、瞳にたっぷり憐憫をたたえて陽菜子を見下ろす。

「俺が柳の手先なら、こんな堂々と乗り込んでくると思うか？」

「そう油断させるために敢えて、ということも考えられます」

「なんだ、そんなに俺が信用できないのか」

「上司としては信用しています。でもそれ以外では」

睨み上げた陽菜子をおもしろがるように、森川は顎を撫でる。視線を逸らしたら負けだとばかりに、陽菜子はいっそう眼力を強めるも、森川に効く様子はない。

「お前、本当におもしろいな」

と、森川が陽菜子の頬に触れかけたとき、ぴりついた声が二人の間を引き裂いた。

「それくらいにしておけ。お前がどれだけ嚙みついたところで、その男の真意は見抜けまい」

牽制するような惣真の睨みに、森川は、へえと愉しげに息を漏らす。

「確かにその男には、俺たちと手を組むメリットがそれなりにある。あくまでそれなりに、だがな」

「読みが早いな。さすが、霞が関一の忍びと謳われるだけのことはある」

「らしくもない世辞は結構だ。別にあんたを信用するわけじゃない。まずはそいつの言うとおり、何故柳を知っているのか教えてもらおうか」

「そんなに警戒するなよ。あの劉って男には以前会ったことがあるというだけの話だ。そのときの名乗りは別だったがな。たしか――柳凜太郎、とかいったっけ?」

惣真と穂乃香、二人の全身に緊張が走るのを感じる。

森川は、「だから警戒するなって」とうんざりしたように肩をすくめた。

「ずいぶん昔に一度、スカウトを受けたことがあるんだよ」

「スカウト? あいつらに?」

「抜け忍の情報を得ると、片っ端から声をかけているらしい。里を持たないあいつららしいやり方だよ。実際、共鳴して誘い込まれる奴らも多いと聞くし。ま、俺は断ったけどな」

「え、どうして」

思わず声が漏れて、陽菜子はあわてて口をつぐんだ。

誰の下にもつきたくない、己の技量だけでわたっていきたい。そう望んで里を抜けたという森川にとっては、柳のようなスタイルこそ性にあっているだろうに。

けれど森川は、忌々しげに唇を歪めた。

「確かにあいつらの考え方に俺は近い。利益のためなら手段も仕事も選ばない、そのやり方は理解できる。旧時代の保守思想を後生大事に抱えた里の奴らよりはよっぽどな。だが、あいつらも結局はただの兵隊だ。自分一人じゃ何もできないから、集団でつるんでいるしかできない。……そんなのは、面白くない」

最後はつぶやくように言うと、森川は、穂乃香から受け取った二杯目の水割りをまたも豪快にあおった。

「俺は俺だけのために動く。金や地位は俺も欲しいが、すべて自力で手に入れる。そうじゃなきゃ、里を抜けた意味がないんでな」

「要するにあんたは、軽々しく同類とみなして声をかけてきた柳のことが、鼻について仕方がないというわけか」

「そういうことだが、そのわかったような物言いはあいつらよりもっと鼻につくな。もう少し口のきき方というものを学んだらどうだ。俺よりずいぶん年下だろう」

「おやまあ、里を抜けるほど先進的なお方なのに、年功序列を重視するなんて意外と古い価値観をお持ちなんですね」

「お前のような生意気なガキが俺は一番嫌いなんだよ」

「それはそれは、大変失礼いたしました。今後、気をつけるようにいたします」

にっこりとわざとらしい笑みを浮かべる惣真に、森川は聞こえよがしに舌を打つ。仮に森川に裏がなくても、この二人がおとなしく協力しあえるなんて陽菜子にはとうてい思えなかった。

「でもー、いまの話だと、森川さんもあちら側に顔が割れてるってことよねー？　あたしたちがあなたと手を組むメリットなんてあるのかしら」

森川のグラスにつぎ足したウイスキーを、からころと音を立てマドラーでかきまぜながら、穂乃香がのんびりとした声を出す。

「あたしたち、別に困ってるわけじゃないのよね。いつ裏切るとも知れない部外者を、招き入れる必要なんてないんですけど」

「俺の情報網を甘く見るなよ。社内に異変が起きればすぐにわかる。すでに柳の忍び込んだ形跡、これから狙われる場所、そのあたりに目星をつけることもできるし、万が一和泉沢が動くとなれば、社長に反する一派をけしかける手はずだって整えられるだろう。望月よりはよほど役に立つと思うが？」

「ま、それはそうだろうな」

「そう言われちゃうとねえ。ヒナちゃんを頼るほうがリスク高いのは事実だし」

「ちょっと。穂乃ちゃんまでそういうこと言う？」

「なあに？　ヒナちゃん、反論できる立場？」

「うっ……」

「ていうか望月、お前そもそも抜け忍なんだろ？　なんでこんなところでこいつらとつるんでるわけ」

「……企業秘密です」

「ま、聞かなくても想像はつくけどな。どうせ和泉沢サンを盾に取られたんだろ。

……って、この水割りさすがに濃すぎないか」

「あら、ごめんなさい。ずいぶんと勇ましい方だから、そのくらいがちょうどいいかと思って。お水、お足ししましょうか」

「……いらん」

苦々しげな視線を穂乃香にぶつける森川の、グラスに入った水割りは、色から察するにほぼ原液だ。あからさまな穂乃香の嫌がらせだったが、森川はそれ以上は文句も言わず、憂さをはらすように陽菜子の額を人差し指で小突いた。

「ほんっと懲りないな、お前。あの人のどこがそんなにいいの？　俺には全然わかんないだけど」

「別に、和泉沢のためじゃ」

「違うのか？　じゃ、一体なんのために動いてんだよ」

「それは……」

六つの瞳が自分に集中しているのがわかって、陽菜子は声を詰まらせた。

――あんたの主はいったい誰だい。

――お前の主は誰だ。誰のために、何のために、何をしたいんだ。

何をしても、その問いが陽菜子を追いかけてくる。

いまの陽菜子に、そんなもの必要ないはずなのに。

主は誰かと。

お前は誰だと、問い詰めるのだ。

組手につきあって、と穂乃香に声をかけられたのはその週末のことだった。酒と煙草のにおいを香水のようにまとわりつかせて穂乃香が帰宅したのは土曜の明け方、まだ布団の中でまどろんでいた陽菜子を強引に引っ張りだすと、穂乃香は勝手にタンスをあさって陽菜子にジャージを投げつけた。

「眠いんですけど。ていうか寒いんですけど」

「眠いのはこの数日うだうだ悩んで寝てないからでしょー。寒いのは動けばあたたまるし、ついでに悩みもどっか行くわよ。ほら、さっさと起きて？」

だいたいあたしのほうが眠いわよ、とぷりぷりしながら部屋を出ていく穂乃香が向かったのはマンションの屋上だった。屋上というよりもただの屋根だ。出入り口などあるはずもないので、最上階まで階段で上ったあと、非常階段の踊り場からレンガのわずかなくぼみに手足をかけるしか方法はない。寝起きで身体もかじかんだままじゃ滑って落ちてしまうじゃないかと、ぶつくさ文句を垂れる陽菜子を無視してよじのぼる穂乃香の形のいい尻を見上げながら、陽菜子も仕方なしにあとに続く。

「みてみてー、ヒナちゃん。もうすぐ夜明けよ」

「知ってるよ。いま何時だと思ってんの」

うっすらオレンジ色になりかけた空を見ながら、穂乃香はうーんと伸びをする。

「さて。お手合わせ願いましょうか」

「終わったらココア淹れてもらうからね」

「まっかせっなさーい。このあいだ買った百グラム二千円のパウダー使ってあげる。そのかわり容赦しないわよ?」

汗よけのタオルを額に巻くのが、開始の合図。

間合いを取って互いに構えると、二人は同時に右足を引いた。最初はゆっくり、準備運動がわりに決められた形を繰り出しあう。陽菜子が前に出ればそれにあわせて穂乃香が同じ距離だけうしろに飛びのき、攻撃する意思のない穂乃香のまっすぐな蹴りを腕で押さえ、あいた横腹に陽菜子もまた害意のない突きを入れる。やがて全身があたたまってきたころ、不意に穂乃香から繰り出される拳の放つ色が変わった。少しずつ互いの動きに速さが加わり、ゆるやかに、けれど確実に殺気も増していく。

こんなふうに穂乃香と向き合うのは久しぶりだった。

わざわざ腕のなまった陽菜子を誘わなくても、東京には穂乃香の相手となる忍びくらい山ほど潜んでいる。時々ふらりと数日いなくなるのは奥多摩の山中で修行させられているからだろうし、ダイエットと称して自らキックボクシングやらジークンドーやらを習っているのも知っている。穂乃香の蹴りは、里にいたころよりも切れが増して、なおかつ実践的になっていた。それが修行だけの成果なのか、それとも実践せざるをえない機会があったせいなのか陽菜子にはわからない。里を抜けると伝えたときから、穂乃香は自分の任務について陽菜子には何一つ語らなくなっていた。

中央の半径一メートル程度で動いていたはずが、いつのまにか陽菜子のほうが押されてへりに近づいていた。あと三歩あとずされば地上にまっさかさま、というところまできても穂乃香が攻撃の手を緩めることはない。突き出された腕をつかんで捻りあげたつもりが、かえって隙を突かれ、気づいたときには足払いをくらって押し倒されていた。穂乃香の指が触れているのは、腰の急所。そんなところを押されては、三日は立ち上がれなくなってしまう。

「……まいりました」

「ふふっ、おそまつさまでした」

「それ、使い方ちがわない？」

「そう？　まあいいじゃないの」

二人とも、真冬とは思えぬ汗のかきようだった。立ち上がると、太陽が頭のてっぺんをのぞかせているのが見える。新聞を配達する自転車の音が、澄み渡った空気の中やけに響いた。

「ねえ、ヒナちゃん。手を引くなら今のうちだよ」

額から外したタオルでぬぐううちに、皮膚の表面が乾いた空気で冷やされていく。つぶやく穂乃香の声もまた、冷たく乾いていた。

「惣ちゃんにはあたしから言ったげる。ていうか最初から言ってたのよ。ヒナちゃんを巻き込むべきじゃないって。今回は変身術が必要な機会もなさそうだし、なによりヒナちゃんはもう忍びじゃない。……あたしたちの仲間じゃ、ないんだから」

太陽に向かって一歩踏みでた穂乃香の背中を、陽菜子は黙って見つめる。穂乃香がいまどんな表情をしているのか、陽菜子にはわからない。

「たしかにボンちゃんにいちばん近い場所にいるのはヒナちゃんよ。でも、道は別に一つじゃない。他にいくらだってやりようがあるのに、わざわざヒナちゃんが危険に身をさらすことはないわ」

「危険？」

「襲われたんでしょう？」

聞いたもん、と振り返った穂乃香は、陽菜子のよく知る幼なじみの顔をしていた。

誰よりも美しくて凛々しくて、……そして誰より、陽菜子に甘い。

穂乃香はそのまま陽菜子に覆いかぶさるようにしてぎゅうと抱きしめた。

「……汗くさいよ、穂乃ちゃん」

「あたしの汗なら最低でも十万の値がつくわよ」

「それに、乳が押しつけられて苦しいです」

「百万払っても触れない男がいるんだから、役得でしょ」

「自分で言うかなあ」

「だって事実だもの」

そう言って穂乃香は高圧的に口の端をあげる。つられて陽菜子も頬をゆるめた。

「まったく穂乃ちゃんってば、わたしのことが好きすぎるよね」

「あら、自惚《うぬぼ》れてるとすぐに浮気するわよ。調子に乗らないでよね」

「あだっ」

思い切りでこぴんされて目を瞑った陽菜子だったが、なぜか穂乃香のほうが忌々しげに顔を歪めた。

「なに、どうしたの」

「やだやだ、あいつと同じことしちゃった。無防備なヒナちゃん見てたらつい」

「あいつ？」

「森川よ。あのクソ馬鹿、あれから毎日うちの店にくるのよね。ほんといけ好かない男。惣ちゃんに止められなきゃとっくに追い返してるのに」

「珍しいね、穂乃ちゃんがそんなふうに人を悪く言うなんて」

「だってむかつくじゃない、えらっそーに何様のつもりよ！　あたし、ああいう傲慢な男がいちばんきらい。だいたいなんなの、ヒナちゃんに対するあの上から目線」

「そりゃまあ森川さんはいい人ではないけれど……傲慢で上から目線というなら惣真のほうがよっぽどだと思うよ。森川さん、人当たりだけはいいし」

「わかってないな、ヒナちゃんは。惣ちゃんは仏頂面なだけ素直なのよ。まだかわいげがあるでしょう？」

「あるかなあ……」

陽菜子は思い切り首をかしげた。

どうも穂乃香は、陽菜子だけでなく惣真にも甘い。

「協力するの？　森川さんと」

「今のままならそうなるでしょうね、不本意ながら」

「やりあうんだね、柳と」

「仕方ないわ。あっちがその気なんだもの」

髪をほどいてかきあげる穂乃香のしぐさは、こんなときでもひどく艶っぽかった。

細くて長い手足。丸みを帯びて、柔らかそうな身体。幼いころの穂乃香は、陽菜子よりもずっと華奢で、触れたら折れてしまいそうなほどだった。里で鍛え抜かれたとはいっても、大学を卒業するころまではまだ締まりも陽菜子と大差なかったはずだ。

それなのにいま、穂乃香のしなやかな肢体には、無駄のない鍛えられた筋肉がひそんでいる。それが穂乃香の美しさを際立たせているのは確かだけれど、陽菜子にはひどく切ない。髪を下ろしていることが増えたのは、いつしかついた首筋の傷を隠すためだと、知っているからなおさらに。

「……ごめんね、穂乃ちゃん」

「なにが?」

「一人で逃げて。……守れなくて」

今度は陽菜子が、穂乃香に抱きつく番だった。

陽菜子は知っていたのに。

幼なじみの穂乃香がずっと陽菜子の目付け役だったことを。

里を抜けたりなんてしたら、穂乃香がどんな目にあうかしれないということも。

「ばかねえ、ヒナちゃん」

と、穂乃香は母親のように陽菜子の頭をやさしく撫でる。

「言ったでしょ？　あたしは忍びの仕事が好きなの。今のあたしは、あたしが望んで手に入れたものよ。ヒナちゃんがどうであろうと、本気でいやならとっくの昔に抜けてるわ」

「……でも」

「あたしはうれしいの。今もなお、監視するって名目でヒナちゃんと一緒にいられることが。それにヒナちゃんが里を抜けてくれたおかげで、あたしたちはただの友達でいられるじゃない。忍び同士の殺伐とした会話だって、しなくて済む」

「穂乃ちゃん、お人好しすぎるよ」

言うと穂乃香は、たまりかねたように吹き出した。

「ヒナちゃんにだけは言われたくないわ。……ほらぁ、泣かないの。それ以上ブサイクになりたくないでしょ？」

「……泣いてないし。泣けないし」

「そうね、あたしたちは泣けない。喜びも痛みも、目的もなくあからさまに見せればやまんばの鉄扇がふりおろされたものね」

「そんなのがわたしの実の祖母だってんだから、いやになるよ」

「ふふっ。でも、……でもヒナちゃんは、他人のためなら泣くのよね。見つかったら罰を受けるってわかってるのに。昔からそう。ずっと変わらない」

だからすき、と穂乃香は陽菜子の腰に腕をまわす。

「あたしね、負けず嫌いなの。そのつもりなら、力のないふりをして里で安穏と暮らすことだってできたけど、それは絶対にいやだった。あたしは自分の力を試したい。本当は、惣ちゃんにだって負けたくないのよ」

「負けないよ、穂乃香ちゃんなら」

「うふふ、とーぜん。あんなあんぽんたんに、負けてたまるもんですか」

からりと笑う穂乃香を見ながら陽菜子もようやく口元をゆるめる。あのまま里にいたら、自分が自分でなくなってしまうと陽菜子は思った。――けれど、穂乃香は。

「惣真をあんぽんたん呼ばわりできるなんて、穂乃香ちゃんくらいだね」

言うと、穂乃香は肩をすくめた。

「そう？　だってあの人、本当に馬鹿なんだもの。なーんにもわかっちゃいないんだから。……人のことも、自分のことも」

「え？」

「なんでもない。さ、戻ろうか。約束のココア、淹れたげる」

今度こそ身体を放して、穂乃香はいつもの艶然とした笑みを浮かべる。

気づけば夜はすっかり明けていた。

穂乃香が寝静まるのを確認すると、陽菜子はすばやく身支度を整えて——といっても化粧をするだけで二時間はかかるのだけど——家を出た。

夜明け前に目を覚ましていたのは、ただ悩んでいたからではない。早朝に突然もらった一通のメールのせいだ。

『先日は新年会議に起こし頂き有難う御座候いました。みつか前から詩人が風で臥せつて織ります。退屈している羊羹なので宜しければ週末お菓子下さい。はなえ』

着信時間は午前四時三十七分。

最初に見たときは何のことやらと首を捻ったが、文末の署名ですぐにわかった。会長夫人、つまりは和泉沢の祖母の華絵《はなえ》からだ。そういえば新年会のときにアドレス交換をしたんだっけ、と寝ぼけまなこで思い出した。年末にはじめて携帯電話を買ってもらったとかで、ほとんど送る相手がいないから練習もできないとぼやいていたのだ。ちらちらとうかがうように陽菜子を何度も見るので、僭越《せんえつ》ながらメル友にならせていただいたというわけだった。

「あ、望月ー。ごめんね、休みの日にわざわざ」

駒込駅の改札を出ると、マフラーに顔をうずめた和泉沢が立っていた。メールの件を連絡したら「ぼくも行く！」と飛びついたのだ。

「ばあちゃん、はりきってピザ焼いてた。ワイン持ってきたから、望月も飲むよね」

「うん、でもかえって申し訳ないことしたかな。わたし、社交辞令を真にうけちゃった？」

「全然。むしろ、じいちゃんにかこつけて望月に会いたかっただけじゃないかな。正月過ぎて暇みたいだよ、あの人たち。それにしても四時はないよね。あとで送ろうと保存するつもりが間違って送っちゃったんだって。間違って電話でもかけたら大変だから、用がないなら朝の七時になるまで触るなって言っておいた」

いつも以上に多弁なのは、きっと不安だからだろう。会長が体調を崩していたことを、和泉沢も陽菜子に聞かされるまで知らなかったらしい。幼いころから祖父母に預けられたという和泉沢は、会長夫妻に実の父親以上に愛着を覚えている。

「この子を見ていると、年寄りっ子は三文安って言葉を思い出すのよねえ」

と、以前、華絵は申し訳なさそうに目を伏せていたが、話を聞く限り際限なく甘やかされたというわけでもなさそうだから、和泉沢のぼんくらっぷりはおそらく天性のものだろう。

「まあまあ、望月さん。よく来てくださったわね。さ、入って入って。いまね、とってもおいしい苺が届いたところなの。一緒に味見を」

「ばーあちゃん、望月はお見舞いに来てくれたんだよ。まずはじいちゃんのところが先でしょ」

家に着くなりうきうきと出迎えてくれた華絵のマシンガントークを和泉沢がやんわり止める。華絵は、八十過ぎとは思えない愛らしさで、しゅんと小さくうなだれた。

「あら、そお？　まあ、そうよね。じゃあ望月さん、おあがりになって。創はご案内したあと、ランチの準備を手伝ってちょうだい」

「はいはい。望月、こっちだよ。たぶん起きてると思うんだけど」

「……あんたがしっかり者に見えるなんて、珍しい状況だわね」

階段をあがりながらこっそり囁くと、和泉沢は困ったように苦笑する。

「ばあちゃんって、良くも悪くも全然老けないんだよ」

「あんたが八十過ぎた姿も簡単に想像できるわ」

「それ、褒めてる？」

「微妙」

正月らしい紅白と金の飾りがついた、豪奢な生け花の置かれた廊下の一番奥に、会長の寝室はあった。ゆっくりしてていいから、と言い残して戻っていく和泉沢の背を見送りながら、今のこの状況は惣真たちにとっては願ったり叶ったりなのだろうなと陰鬱な気分になる。もう盗聴はされていないはずだが、どこに何を仕込まれているかわからない。その意味では同居人の穂乃香は誰より信用ならない。

「会長、望月です。ご挨拶にまいりました」

「どうぞ、お入りなさい」

いつもの朗らかな声に心が和らいで、扉を開ける。畳敷きの部屋の中央に据え置かれた、脚のないベッドの上で会長は上半身を起こして瞼をさすっていた。床の間に生けられた松と南天の横に、手作りらしいやや不細工な猫の張り子がペアで添えられている。

会長の頬は、つい二週間前に会ったときよりもこけていた。和泉沢が暗くなるのも無理はない。いつもはでんと大きく構えた会長が、今日は心なしかしぼんで見える。陽菜子はすすめられるままにベッド脇の座椅子に腰を下ろした。

「お加減いかがですか」

「大事ないよ。妻が騒いで呼び出してしまって、申し訳なかったね」

「とんでもないです。あの、これよろしかったら」

「なんだい？　蜂蜜？」

「ええ。最近、社内の女子たちに人気のお店なんです。パンに塗ってもいいですし、紅茶に入れてもおいしいんですよ」

「どれどれ。ほう、砂糖不使用。こりゃあいい。妻がね、最近、控えろってうるさいんだよ。甘いものを食べているときが一番の幸せだというのに」

「じゃあ、今度おすすめのピーナッツバターも持ってきますね。それも砂糖不使用なのに、不思議と甘みが深いんです」

「ありがたいねえ。若い娘さんはそういう気が利くからいい。創は役に立たたん」

渋面をつくる会長は、おどけることでいつもの溌剌《はつらつ》さをどうにか取り戻そうとしているようだった。毛布の上に置かれた両手は、皮が薄く骨ばっているわりに指先を中心にずいぶんとむくんでいた。

「……また何か、動いているようだね」

おもむろに呟いた会長に、陽菜子は静かにうなずく。

その話だろうと見当はついていた。以前、会長は若いころから忍びの存在に気づいていた、というような話をしていたが、積極的に使っていた可能性は高く、むしろ今も無関係とは言いきれない。表も裏もこれだけ大騒ぎをしていれば、会長の耳に入らないはずがなかった。まさか本当に具合が悪いとは思ってもみなかったが。

「創さんは、迷っています。彼なりに、会社の行く末を案じているようです」

「優しい子だからねえ。争うことに、向いていない。あれの兄がおってくれたらと思うこともないではないが、すべてを捨ててでも手に入れたいものがあったのだから、仕方がないね」

本来の後継者である和泉沢の兄は、海外留学中に突如として出奔したと聞いている。出世欲の塊だった野心家が、地位も富も捨てた理由が現地の女性を愛したためだというから驚くが、その一本気な情熱はすこし和泉沢に似ている気がして憎めない。いきなり後継ぎを押しつけられた和泉沢は、たまったものではなかっただろうが。

「あなたは今回の件に、どれくらい噛んでいるんだい?」

「基本的には部外者です。……の、はずです。たぶん」

「片足を突っ込んでみたら案外深くて困っている、というところかな」

「抜くなら今なんですけど、もう片方の足までとられそうで」

「自ら飛び込んでみたらどうだい。拓ける道があるかもしれんよ」

「その決断が、できないんです。できないままわたしは……ずっと、流されてきたような気がします」

汽笛のような音がして、部屋を見渡すと隅に置かれた石油ストーブが小さな湯気を吐いていた。和風モダンの部屋にそぐわない古めかしさに、会長が照れたように頭をかく。

「あれはねえ、私が還暦の記念に自分で買ったんだ。あの当時は最新型で、ずいぶんと値が張ったもんだよ」

「えっ、てことは二十年以上ですか？　よくもってますね」

「まあ、いろいろとメンテナンスは加えてるから、正直言って新品を買うより高くついているんだけど。これくらいの道楽は許してもらわにゃなあ」

「会長らしいですね」

「でもねえ、危ないし燃費も悪いし、いい加減買い替えろってうるさいんだ。もっと最新の見栄えのいいやつがたくさんあるからって。私がいいと思っているものを、あれは一向に理解しようとしない。まあ、価値観の相違ってやつだね」

誰のことを言っているのかは聞かずともわかった。ストーブのことだけを言っているわけではないことも。

——働くすべての人が幸せでなくてはなりません。

それは大学三年生の秋、ＩＭＥの会社説明会を訪れた陽菜子が聞いた、会長の言葉だ。

――私が従業員に求めることはただ一つ。人としてまっとうであることだけです。他人を蹴落としてでものしあがりたい、その野心も大事ですが、人を踏みつけにした上には幸福も成功も生まれない。私はそう信じています。

現役を退いたとは思えない威風堂々とした貫禄に反し、その口から放たれる言葉はまるで子供のような純粋さで煌めいていて、陽菜子は文字どおり世界がひっくり返ったような衝撃を受けた。会長の言葉に感銘を受けたからではない。むしろ〝人として〟なんて曖昧な定義はいちばん苦手だ。けれど、建前にしても口にするのが憚られるきれいごとを、大真面目にてらいもなく口にする大人がこの世に存在している、その事実に仰天したのだ。

人を騙し、欺くのが当たり前と教え込まれてきた。成果を出さなければ無能だと罵られ、どれだけ里に身を捧げても、失敗したら切り捨てられる。それが幼い頃より里で目の当たりにしてきた陽菜子の現実だったから。

「……会長みたいな方が主なら、わたしも里抜けなんてしなかったかもしれません」

思わず本音がこぼれ出て、陽菜子ははっと口をつぐんだ。会長は、のそのそと身体を動かして、陽菜子の膝に置かれた両手に自分の手のひらを重ねる。皺のきざまれたかさかさの手は、不思議ととてもあたたかい。

「会長は以前、おっしゃってくれましたね。逃げることの何が悪い、と。前に進むためにそれしか方法がなかったならそれでいい、時がくれば自然と肚は括れる、って。いまがその時だと思うのに……わたしは揺れ続けるだけ。けっきょく、何も変わっていないんです」

「できない自分を恥じるということは、あなたが何かを成したいと思っている証だろう？　いったいあなたは、何を望んでいるんだね」

朝日に照らされた穂乃香の背中を思い出す。……ついでに、柳から守ってくれた惣真の背中も。

――わたしは守られてばっかりだ。

里にいるときからそうだった。

穂乃香はいつも陽菜子の手を引いてくれたし、惣真は許嫁という立場からくる責任感からか出来の悪い陽菜子を諦めることなく導こうとし続けた。絶え間ない軽蔑の視線と十秒ごとの罵倒は陽菜子の心を萎縮させたし、教え方も決してうまいとは言えなかった惣真に、感謝したことは一度もないけれど。

――ちがう、一度だけ。

柳のせいで思い出してしまった、一つの記憶が脳裏をかすめる。

夕暮れに照らされた幼い惣真の横顔。

泣きじゃくる陽菜子を見下ろす彼に、浮かんでいたはじめての戸惑い。

――なんでお前は、いつも。

絞り出すような惣真の声が、耳の奥で響く。忘れていた、とじこめていた情景がつぶさに眼前によみがえり、陽菜子はあぁと嘆息を漏らした。――そうだ、陽菜子はあのとき、惣真に。

乾いた唇をちろりと舐める。唇と同じように、吐こうとする言葉もかさかさと咽喉につっかえる。

「……守りたいんです」

どうして忘れていたんだろう、と陽菜子は腹の底が熱くなるのを感じた。それは落ちこぼれの陽菜子が、里で生きる唯一の理由だったはずなのに。

「わたしは、わたしの大事な人たちを守りたい。そのための力が、ほしいんです」

「……それがあなたの望みかい」

ふしゅう、と空気が抜けるような音を立てて会長は笑みをこぼした。

「あなたは確かに弱い。それに未熟だ。同じところでぐるぐる回ってばかりだ。だけどね、そんなあなただからこそ誰かの光になれることもあると、私は思うんだよ」

そう言うと会長は、枕元の湯呑みに手を伸ばし、緑茶で咽喉を湿らせた。

「力で人をねじ伏せられても、心は決して動かせない。あなたの優しさは弱さだが、同時に武器でもあるんじゃないかね」

そして、ぽんぽんと陽菜子の頭をやさしく撫でる。

「あなたはあなたの理想を守りなさい。そのために、とことん戦いなさい。それを責める権利は、誰にもない」

後頭部から沁みるようなあたたかさを感じて、陽菜子は瞼を伏せた。

こんなときにも泣けない自分が悔しかった。

けれど会長は、そんな陽菜子のすべてを理解して包み込んでくれるような気がして、陽菜子はぐっと顔を上げ、ただ、会長を真似て微笑んだ。


将棋をしようと言い張って聞かない会長が、それでもとろとろまどろみだすと、陽菜子はそっと部屋を出た。本当にただの風邪だろうかと不安がよぎるも、体調を崩した老人というのはえてしてああいうものかもしれない。陽菜子は、年を追うごとに妖怪じみていく気骨稜々《りょうりょう》とした里の爺婆しか知らないから、過度に心配になるだけで。

感傷的な気分のまま廊下に足を踏み出して、けれどすぐに陽菜子は全身の神経を集中させた。

「ふん、このあいだよりはマシになったようだの」

と、つまらなそうに壁際から現れたのは、大河内だ。

「……いたんですか」

「目上の者への敬意を知らん若造だの。口のきき方には気をつけい」

「いらしていたとは存じ上げず、挨拶もせず失礼しました」

棒読みで言うと、大河内は背中で両手を組んだまま踵を返し、ひょこひょこ歩きだした。その背中を追いながら、話はすべて聞かれていたと考えたほうがよさそうだと羞恥でうなだれる。

「與太の阿呆は相変わらずしょうもないおとぎ話ばかり語っとるな」

「おとぎ話って、そんな言い方……」

「与太話の與太郎《よたろう》。それが昔っからの、あいつのあだ名だ。まったくあいつは昔から変わらん。ろくでもないガキばかり拾って面倒を見て。あたしがどれだけ止めても聞いたためしがない。あいつほど頑固な爺を他に知らんよ」

「……鏡を見たらいかがですか」

「ああん？」

悪態をつきながらも陽菜子は、あいかわらず一分の隙もない大河内の動きに感服させられる。間合いを詰めることさえ許されない。

「会長のお見舞いですか」

「華絵さんに連絡をもらったんでな。小春も創に会いたいとうるさいから、連れてきた。まったくあんな腰抜けのどこがそんなにいいのかねえ」

「……小春さんも」

「いまは嬉しそうに創としゃべっとるよ。馬に蹴られたくなきゃ邪魔せんことだな」

和泉沢の浮かれてゆるんだ顔も簡単に思い浮かんだ。

用は済んだことだし、今のうちに帰ったほうがいいかもしれない。小春がいるなら華絵も退屈しないだろう。

階段を下りながらそんなことを思っていたのが気配に出たのだろう。大河内はぎょろりと目をむいて陽菜子を振り返った。

「つかー、つまらんのう。あんたには意地っちゅーもんがないんか。あんたも創を好いとるんだろう？　邪魔してやるくらいの気概がなくてどうする」

「小春さんはあなたのお孫さんでしょう。そんなこと言っていいんですか」

「かまわんよ。身内の欲目を抜いてもあの子のほうが美人だし気立てもええ。だいたい、ちょっと邪魔されたくらいでへこたれるようなやわな精神をしとらんわいな。なんせ、あたしの孫だから」

ひょっひょっと大河内は愉しげに肩を揺らす。控えめに言っても、その表情は意地が悪い。けれど陽菜子は、そんな安い挑発に乗る気はなかった。

「わたしが和泉沢をどう思ってるかはさておき」

「さておくんか」

「和泉沢が小春さんを好きなら、邪魔するつもりはありませんのでご心配なく。それがあいつの幸せなら、わたしに口出す権利はありません」

「はあん、優等生の回答だの」

「本心です。わたしは和泉沢が心から笑っていられるなら、それでいい。ほかにはなにも望みません」

言いながら、胸の奥のちりつく痛みには気づかないふりをする。

大河内は白けたように鼻を鳴らした。

「……里を抜けても、忍びは忍びだというわけか」

「え？」

「まったく與太に負けず劣らずの理想論者だ。あたしにはむずがゆすぎて、蕁麻疹《じんましん》が出そうだよ」

そう言うと、大河内はわざとらしく足を踏み鳴らしてリビングへ向かった。おじいちゃんどこに行ってたの、ねえこれ私も一緒に焼いたの食べてみて。おおこりゃあうまそうだのう、お前はいつでも嫁に行けるのう。そんな茶番劇のような会話に、蕁麻疹が出そうなのは陽菜子のほうだった。

——なんなの、あの人。

廊下を右に曲がってあとを追えば、陽菜子も団欒《だんらん》の一員だ。まっすぐ進めば玄関で、寒空が陽菜子を待ち受けている。

帰るか、と足を前に一歩踏み出したそのとき、

「あー、望月。やっと下りてきた。ずいぶんと話し込んでいたんだねえ」

と、湯気の立つ皿を両手に乗せた和泉沢がひょこっと顔をのぞかせる。

「ちょうど焼きたてなんだ。一緒に食べよう」

「でもわたし……」

「そうだ、縁側行かない？　じいちゃん自慢の日本庭園があるんだよ。ほら、こっちこっち。眺めもいいから」

陽菜子の返事を待たず、廊下のさらに奥に突き進んでいく和泉沢に、陽菜子は観念の息をついた。どうしてこうも陽菜子のまわりの人間は、みな人の言うことを聞かないのだろう。

リビングを挟んで玄関のちょうど真裏に和室はあった。茶会を催すこともあるのだろう、炉畳が視界に入る。床の間にかけられた掛け軸には、丸々とした太い墨字で「日々是好日」と勢いよく書きなぐられている。禅語としてはベタだが、会長らしい趣味だった。暖房の風が吹く気配もないのに空気がぬくいので、ふと思いついて畳に片足を載せてみると、じんわり冷えた爪先からあたたまる。

縁側にはガラス張りの引き戸が張られ、その向こうには見事な枯山水が見えた。住む世界が違いすぎて、目が眩む。

「ほら、熱いうちに食べて。おかわりが必要なら持ってくるから」

ピクニック気分でピザを並べる和泉沢の隣には、ワインクーラーがあった。最初から陽菜子とここで食べるつもりで、用意していたのだろう。

「いいの？　せっかく小春さんが来てるのに、放っておいて」

「平気じゃない？　挨拶はしたし、ばあちゃんと何かデザートつくってたし」

「いや、そういう意味じゃなくて」

「そんなことより食べないの？　望月が下りてくるまで、ぼくも待ってたんだよ。おなかがすいてもう限界」

そう言われては逆らえない。陽菜子は湯気の立ったピザを前に手を合わせた。デリバリーと遜色のない焼き上がりと沸き立つチーズとトマトソースの絡み合う香りに、陽菜子の腹もぐうと鳴る。

「……おいしい」

ほくほくのジャガイモにアンチョビの塩気がからまって、熱さにうっかり吹き出しそうになるも、フォカッチャのような厚手の生地が堤防となって口の中にとどめてくれる。サラミと茄子の乗ったトマトソースのピザは、ポテトチップのような薄い生地がカリカリに焼き上がり食感が楽しかった。これならいくらでも胃袋に入ってしまいそうだ。

「華絵さんって、ほんとお料理上手ね。新年会のときも全部お手製だったんでしょ？　つくれないもの、ないんじゃない？」

「オムライスだけは苦手だよ。自分が好きじゃないから、おいしさの基準がわからないんだって。昔はよくつくってもらったけど、味見しないせいか、あれだけはいつも大味だったなぁ」

「贅沢なぼっちゃんだこと。あんたと結婚する相手は相当の覚悟を強いられるわね」

生活レベルの見合った、生粋のお嬢様でなければ勤まるまい。それこそ、小春のような。

勝手に想像して、勝手に胸が詰まる。

なにも望まないと言った矢先にこれかと陽菜子はピザにかぶりつく。そんな胸の内を知るよしもなく、和泉沢はのほほんと笑った。

「望月は、いつもおいしそうに食べるねえ」

「え、そう？」

「うん。よかった、少しは元気になったみたいで」

「……べつに、ずっと元気だけど」

「そうかな。ずっと浮かない顔をしてたよ。シュークリームを差し入れてくれたときくらいから」

「落ち込んでたのはあんたのほうでしょ。家出問題はどうしたのよ。社長……お父さんとは喧嘩したまま？」

「知ってのとおり、あの人はワンマンだからねえ。ぼくが折れない限り、和解することもないんじゃないかな」

「折れるつもり、ないんだ。珍しい」

答えずに、和泉沢はからっぽになったグラスにワインを注いだ。

和泉沢の放つ空気はゆるやかで、張り詰めたところがひとつもない。落ち込んでいないはずがないのに。

「もしかしたら、会社の将来のことだけを考えたら父さんのほうが正しいのかもしれない。それでもぼく、あきらめたくないんだ。じいちゃんの理想も、ぼくの理想も」

「和泉沢の理想？」

「国のため――なんて言い方しちゃうと、時代錯誤な感じがするかもしれないけどさ。IMEのような中堅企業が持つ技術には、日本の産業を活性化する力があると思ってる。中国との連携で、一時的な資金援助を受けられたりするかもしれないけど、ぼくはあくまで国産にこだわりたい」

それに、と和泉沢は遠い目で庭を見やる。

「ぼくは、あの劉さんという人が、どうも虫が好かない」

和泉沢の視線の先には小さな三つの石が連なっていた。そして、「あれもりゅうなんだよ」と笑う。水面から顔をのぞかせた龍の顔をモチーフに、会長自ら指示をして置かせたものらしかった。

「ずいぶんと凛々しいことを言うようになったのね」

「これでもぼくなりに必死で考えたんだよ。いまの自分にできることはなにかって」

「跡を継ぎたくはなかったんでしょ?」

「ぼくに向いてるとも思えなかったからね」

「それでも、やるの」

「いつまでも、こんなはずじゃなかったなんて言っていられないし。兄さんの陰に隠れて好き放題してたツケがきたのかな」

あっけらかんと笑う和泉沢に、陽菜子はつられて口元をゆるめた。

——どんなときでも、笑うのね。

強がっているわけでもない。諦めているわけでもない。和泉沢はいつだって、目の前にある現実をそのまままるごと受け止めている。

「……いま、はじめてあんたのことすごいと思ったわ」

「え、それ褒めてくれてるの⁉」

「はじめてってところに引っかかりなさいよ。仮にも上司だったくせに」

和泉沢にワインを注ぎ足してもらいながら、陽菜子は頭のてっぺんがぽうとなっているのを感じた。まだボトル一本も空けていないのに。この程度で酔っぱらうはずがないのに、ふわふわとした心地よさが陽菜子を浸す。

「どうしてそんなふうに思えるの？」

「ん？　なにが？」

「あんたは自分を変えることに躊躇《ためら》いがない。足りないと思ったものを、すぐに足せる。……わたしには、それができない。大事な人たちを傷つけてまで捨てたものを、いまさら拾うなんてそんなこと」

本当に抜けるのね、とさみしげに笑っていた穂乃香。

逃げるのか、とかつてない怒りを瞳にたぎらせ陽菜子を睨んでいた惣真。

二度と里に戻ることは許さんと、絶縁を叩きつけてきた頭領――陽菜子の父が、娘との断絶に心を痛めるほど感傷的とは思えなかったが、それで顔に泥を塗られた恥辱と憤懣は誰より強いものだったろう。

――と。

うつむいていた背中にふと気配を感じて振り返ると、和泉沢の手が伸びていて今にも触れようとしているところだった。

「……なに？」

「え？　……あ、ごめん。なんだろう」

「なんだろうって何よ」

「ううん、ちがう。あの、……つい」

「つい？」

「あ、うん。つい、ごみがついてたから気になって」

そう言うと和泉沢は、陽菜子の背から何かをつまんだ。そしてごまかすように、やけに力強く陽菜子の肩を両手でつかんだ。

「なによ、急に」

「あのさ、ちょっと庭を見てみてよ」

「え、なんで」

「いいから。ほら。えーと、あのいちばん大きな石を見つめてみて」

和泉沢がなにをしようとしているのかは、すぐにわかった。けれど口を開きかけた陽菜子の前に、和泉沢は左の手のひらを塀のように縦にかざし、えへらと笑う。右手はあいかわらず肩に乗せられたままで、まるで抱き寄せられているかのような体勢にどぎまぎしながら、陽菜子は小さく息を吸った。和泉沢が陽菜子にさせようとしているのがあれなら、動揺している場合ではない。

陽菜子は中央にでんと据えられた立石をじっと見つめた。そうするうちに、石以外の風景がぼんやりぼやけ、視界が狭くなっていく。

「……見たわよ」

「んじゃさ、次は全体を見てみて。目に映るすべてが等しくなるように」
二、三度瞬きしたあと、陽菜子は言われるままに焦点を空に浮かせた。狭まったはずの視界が徐々に広がり、百八十度の世界が視界に飛び込んでくる。ガラスの向こう、松の葉がわずかに揺れるのがわかり、感じるはずのない風が陽菜子の頬をひゅうと撫でた。
「……これ、わたしがあんたに教えたやつでしょうが」

「あ、バレた？」

いたずらっぽく笑う和泉沢の吐息が額にかかる。肩を抱かれた状態では、いつもより顔の距離が近い。だけどいつものように、乱暴には振り払えない。

「合宿の、あの夜に望月はぼくに言ってくれたんだよ。いま見えているのがぼくの世界だ、目の前に転がる石だけが、ぼくのすべてではないんだって。……ぼく、落ち込むたびにこれを思い出してた」

鍛錬の、基本中の基本だった。

一点だけに集中すれば、全体が見えなくなる。目の前の些事にとらわれている限り、大局を見逃してしまう。迫りくる危険にも気づけない。五感を鋭敏に研ぎ澄まし、視野を広げるための瞑想法。——まさか和泉沢に、教えられるなんて。

「どうして急に、こんなこと」

「あのね、望月。ぼく思うんだけど、この世には〝今〟しかないんだ」

小さく首をかしげる陽菜子に、和泉沢はやわらかく微笑む。目じりの皺のより方が、会長とそっくりだ。

「研究をしているとさ、目の前に導き出される結果がすべてなんだよね。もちろんそこに至るまでの過程も大事だけど、それが成功か失敗かは全部、あとづけに過ぎないというか。最終的に成功しちゃえば失敗だってひとつの糧だし、実際、うっかり間違いが発見につながることもあるし」

「なにが言いたいの？」

「過去も未来も今の望月にはなんの関係もないってこと」

酔いが、強くなる。

胸がしめつけられて、言葉が出ない。

「大丈夫だよ。望月が大切に想う人は、きっと望月のことを大切に想ってるから。過去に傷つけられたことよりも、今の望月が幸せかどうかのほうが大事だと思う」

「……そんなの、都合のいい解釈だわ」

「そんなことない。だってぼくがそうだもの。過去や未来にとらわれて、望月が今を疎かにするほうがその人たちはいやなはずだよ」

鼻の奥がつんとして、あぁと陽菜子は息をつく。

好きだ、と思った。わたしはこの人が、途方もなく好きだ。

馬鹿で、呑気で、腹立たしくて、いつだって蹴っ飛ばしてやりたいけれど。

だけど、全力で守りたい。

この人が幸せであってほしいと、心の底から願ってしまう。惜しみなく他人の幸せを願える、単純馬鹿なこの男を。

今度こそ、やんわり和泉沢の手を肩から外す。全身から発している熱が、伝わってしまわないように。

「それにしても望月って、ほんと人のことばかりだよねえ」

「あんたほどじゃないわよ。わたしは自分のことで手一杯だし」

「仕事でもそうじゃない。忙しいのに人のフォローばっかりしてさ。表だって代わったりはしないけど、資料集めとか、後輩の指導とか、みんながいやがる仕事を望月はいつも率先してやってくれてたよね」

「……そんなことよく知ってるわね」

「知ってるよう。ぼく、ずっと見てたもの。望月のそういうところがぼくは……」

言いかけて、和泉沢は咽喉に何かがつかえたような顔をした。へらへら緩んでいた表情をかためたまま、視線だけがぐるぐる動く。

和泉沢の挙動不審はいつものことなので、陽菜子は無視して、すっかり冷めてしまった最後のピザを口の中に放り込んだ。会長ご自慢の庭を隅々まで眺めていると、浮つきかけていた心が鎮まっていく。——と思いきや。

「ああああああ！」

「なななななに⁉　なにごと⁉」

「なんだ、そっかあ。そうだったんだあ」

「だからなんなのよ、一体！　驚かせないでよ！」

「あ、ごめん。ただちょっとびっくりして。……ぼくって馬鹿だなあ」

「そんなことはみんな知ってますけど。だからなによ」

「え？　えーと、なんでもない」

「は⁉　なによそれ、気持ち悪い！」

自覚したばかりの恋心をどぶに捨てたくなる。

陽菜子のかたく握られた拳に生命の危険を感じたのか、和泉沢はあわてて両手をぶんぶんと振った。

「いや、あの、ちがうの！　ええと、だからさ、会社を守るためにはどうしたらいいのかなって。それをね、うん、望月に相談しようかと」

「守るってなによ。上海との提携を反故にしたいってこと？」

「それができれば一番いいけど……やっぱりぼくが、水面下で根回しするしかないのかな。父さんのやり方に反対している役員もそれなりにいるし。……ただぼくが、父さん以上に信頼がないのが問題なんだよなあ。今のところ、みんな話半分も聞いてくれないし」

自業自得だけど、としゅんとしている和泉沢に、森川の言葉がよみがえる。

——万が一和泉沢が動くとなれば。

風は、吹いている。ごく微量だが。

それを台風に変える一手を、打てるのは陽菜子だ。

「もし、劉を防ぐ手だてがあるって言ったらどうする？」

虚を突かれたように、和泉沢はぽかんと顔をあげる。

——おろおろしているあの子を見かねて、しょうがないねえとみんなが神輿をつくって支えてくれる。それも一つの形じゃないかと思うんだが。

いつだったか、会長が言った言葉がよみがえる。

そのときが、今なのかもしれないと。

「でもそれには、社長と対立しなくちゃいけない。ただの親子喧嘩では済まないわよ。社長の立場から見ればきっと、一種のクーデターも同然だから」

「望月、ぼくの話聞いてた？」

なぜだか和泉沢のほうが、陽菜子をなだめるような顔をする。

「ぼくが守りたいのは父さんとの関係じゃない。会社の未来と、そして会社で働いているみんなの未来だ」

「……今よりもっと苦しむことになるかもしれないわよ」

「それでもいいよ。だって、守るってことは、自分を盾にするってことだから」

いつもと変わらないその笑みに、ふっと全身が軽くなるのを感じた。

庭に並んだ九つの石。

小石で波紋を描き、水面から姿をのぞかせている雌伏の龍が、なぜだか和泉沢の姿に重なった。

お願いがあるんです、と神妙に告げた陽菜子に、大河内は一瞥もくれようとはしなかった。

大河内は階段で一人、一升瓶をかたわらに華絵の漬けた奈良漬をかじっていた。気配はまるで感じなかったが、また盗み聞きされていたのだろう。けれどももう怒りも羞恥も湧かなかった。話が早いとしか思わない。

「修行をつけていただけませんか」

廊下にぼりぼりと漬物がくだける音が響く。腰をきっちり四十五度に折り、頭を下げ続ける陽菜子には返事もない。けれど陽菜子は、ぴくりとも動かずそのままの姿勢を貫いた。

――わたしは何も変わってない。

つい最近、惣真にまるっきり同じことを頼んだばかりだ。陽菜子はあいかわらず、一人じゃ何もできない。力を持つ誰かの袖にぶらさがってしがみつくだけ。

だけどそれの何が悪い、と。

覚悟を決めた今は思えるのだった。むやみに意地を張って一人でなんとかしようとあがくよりも、落ちこぼれの自分を素直に認めてしまえばいい。できる誰かの力を借りて、最後の最後で守りたいものを守れるならばそれでいいと。

和泉沢の、ように。

誇りの示し方を、もう間違えたくはない。

「……ほ、目つきが変わったの」

おもしろがるような声が頭上に降り、陽菜子はようやく姿勢を戻す。

「だがそんなことをして、何のメリットがある？　あたしは與太のように、酔狂な趣味はないんだがの」

「以前、おっしゃってましたよね。現社長に代わってからは、コンサルタントとしての実権はなくなったって」

「あたしはもう老い先長くないんでね。きっと和泉沢はあなたを重宝しますよ」

「ですが上海に叩かれれば、その金も危うくなります。今入ってくる金だけで十分だ」

「口のきき方には気をつけろと言ったはずだがの」

「それに、一匹くらい社内を自由に動ける鼠がいてもいいんじゃないですか。社長の性格なら今すぐあなたを切ったっておかしくないですよ」

大河内は、くいと片眉を上げた。

「あたしにあんたを仕込めということか。あたしの子飼いとするために」

「くれるほど彼らは悠長じゃありません。あなたはずいぶんと、しぶとそうですし」

「わたしは忍びです。里は抜けたけど、……あなたがわたしの主になるなら、それも悪くはないかもしれません」

――そんなに好きか、あの男が。

耳の奥でざらつく声に、それは違うと反駁する。

和泉沢のことは好きだ。守りたいし、力になりたい。

けれど陽菜子は、彼のためだけに生きていきたいわけじゃなかった。たとえこの身が歯車の一つに過ぎないのだとしても、歯車としての役目をまっとうしたい。かりそめに仕える相手が変わったとしても、陽菜子の貫くものは変わらないのだ。

――気づくのが、遅すぎるよね。

彼はずっと、陽菜子にそれを教えてくれていたのに。

逃げるのか、と陽菜子を刺したあの眼差し。怒りというよりは憎悪に近い、刃のような彼の敵意。

感傷を、信じているわけじゃない。彼はいつだって冷徹で、我心など捨てた本物の忍びだ。それでも。

なぜだろう。

今更になってあの眼差しが、脳裏にちらついて、離れない。

5

あれは、いつのことだっただろう。

いかめしい顔の政治家が記者にとりかこまれ、怒号が飛び交う姿がテレビに映っていた。更迭、という言葉はそのときの陽菜子には難しすぎて、読むこともできなかったけれど、記者に囲まれ責め立てられる男の顔には見覚えがあった。ときどき、陽菜子の家に泊まりにきていたおじさんだ。会うときはいつも、テレビのとおり仏頂面だったけれど、角ばった大きい手で陽菜子の頭をわしゃわしゃと撫でてくれた。表情筋のめったに機能しない父が、そのおじさんが来たときだけ頰をぴくぴくと震わせた。陽菜子を叱りつけるときとは違うやわらかな空気をまとうそのときだけが、父も人間なのだと思える瞬間だった。

「おとうさん」

テレビ画面を睨みつける父の背に、思わず声をかけた。きっと悲しんでいるだろうと思った。あるいは心配しているだろうと。けれど返ってきたのは盛大な、聞こえよがしな舌打ちだった。それとほとんど同時に、テレビ横の電話が鳴った。応答した父は苦々しげに、知っていた、と吐き捨てた。大事になる前に責任を取らせた、こちらに余波はないはずだ、と淡々と告げるのを陽菜子は息をひそめて聞き入った。

どんな思惑が渦巻いていたかは知らない。

わかったのは、すべて父の仕組んだことだということ、あのおじさんに頭を撫でてもらえる日は二度と訪れないだろうということだった。あの人はたぶん、……終わりだ。

更迭された政治家が、父の生まれたときからの親友だったと、知ったのはずいぶんあとになってからだった。


暗闇からにゅっと伸びた太い手を、頸椎をとらえられるより前に陽菜子は、つかんですばやく手の内に隠していたボールペンで刺した。呻きを漏らした相手を、闇から引っ張り出して足技をかける。音を立ててでかい図体をころがしたところを、細縄を使い両手両足を縛りあげた。穂乃香から借りたその縄、というよりもコイルほどの細さの巻き線は、解こうと下手に動けば皮膚に食い込む。それに気づいて抵抗をやめた男の顔半分を覆った黒布を、ひっぺがすと陽菜子は男の口の中へと突っこんだ。

「……邪魔くさいったらないわね」

午前〇時をまわったIMEには、ほとんど人の気配がない。ほとんど、というのは、水曜の深夜であればフロアによっては残業している社員もいるからだ。幸い、陽菜子が今いる十五階にはそれほど熱心な社員はいないようだが、巡回の警備員はいる。給湯室の冷蔵庫の陰に男の身体をひきずって隠し、ほっと息をついたのもつかの間、ゆらりと新たな影が陽菜子の背後に現れ出た。

「音を立てるな、横着者。どたばたと騒がしい」

「わっ、……なんだ、惣真か」

黒シャツに黒のスーツを着こんだ惣真は、いつもの七三分けを崩して眼鏡も外していた。老けたと思っていた顔も、そうしていると学生時代を思い起こされて、妙に懐かしい気持ちになる。

「しょうがないじゃない、こんなでかいの相手にしたら」

「そこをどうにかするのが忍びの手業だろうが。お前は隠密の意味がわかっているのか。漢字一つろくに読めない低能は、小学校から学び直せ。いや、今すぐ死んで生まれ直せ。そうすれば多少は世の中も平和になる」

「あんたこそこんな状態で長口上の嫌味並べてんじゃないわよ。状況わかってんの？」

「お前よりはよほどわかっていると思うがな。襲いかかられるまで相手の存在に気づけない鈍間さで、よくもまあ、連れて行けなどとほざいたものだ。お前の言い分に理があると、わずかでも思った過去の自分を海に沈めてやりたいよ」

里随一の執念深さは忍びの頭としては評価すべき素質の一つだが、陽菜子が相手となると惣真のそれは粘着に変わる。言い返す限り終わりが見えないとわかっているのに、黙っていられない陽菜子にも問題はあるのだが。

「……ふうん、望月っておとなしいわりにずいぶんと口が達者だと思ってたけど、こうやって鍛えられてたんだなあ」

と、間に割って入ったのは森川だ。そのいでたちは陽菜子同様、昼間と変わらない出勤スタイルだった。惣真と異なり、陽菜子たちは知り合いに遭遇しないとも限らない。万一の時に黒ずくめではごまかしがききにくいし、普段どおりのほうが言い訳しやすい。本当は顔を変えて侵入するのがいちばん安全だったが、森川に陽菜子の唯一の武器を知られるのは得策ではないと〝いつもの顔〟でいくことに決めたのだった。

森川がずるずると引きずっているのは、やはり侵入した忍びだろう。首根っこをつかまれて、咽喉が圧迫されているのかでろんと舌が飛び出ている。死ぬぞ、と口出しするほど陽菜子も愚かではない。森川のことだ、その絶妙な加減は熟知している。

「まったく、何人忍び込ませてんのよ。柳の連中はよっぽど暇なのね」

「足止め食らわせて肝心の二十階には行かせないようにしてるんだろ。あとはまあ、パフォーマンス？　誰かさんがずいぶん挑発したみたいだしな」

そう言って森川が視線を向けたのは、もちろん惣真だ。明かりのついていない廊下では、いつも以上に惣真の表情は読めない。

「でもまあ、大丈夫だろ。気配もほとんど消えたし、ここは俺一人でやれる。望月たちは本丸に急いで……って、なんだよその顔。上司の言うことが信用できないのか」

「上司としては信用してますってば。でもいま、森川さんはその立場でここにいないでしょう」

法務部と人事部が席を並べるこのフロアで、危険分子となりえるのは柳だけじゃない。会社を守るという名目は同じでも、和泉沢を陥れたいと願うのは森川とて同じのはずだ。

だが森川は嘲るように鼻で息を吐く。

「その気になりゃ、こんな七面倒くさい真似しなくても、いつでもどうとでもできる。あんまり舐めんなよ」

「無用なリスクを踏むほどその男は愚かじゃない。お前のうすのろな物差しで人を測るな」

二人から一斉に冷ややかな声を浴びせられ、陽菜子は身をすくめる。自覚している以上に気が急いている自分に気づき、陽菜子は静かに息を吸い込んだ。

柳が動く、と惣真に告げられたのは二日前のことだった。

「潜りこませていた手下から連絡がきたが、予想より三日早い。あいつらの脳は飾りじゃなかったというわけだな。お前と違って」

「いちいち腹立つわね、あんたは。っていうか穂乃ちゃんは？」

「この時間は店だろう。同居人のくせにそんなことも忘れたか」

「わかってるわよ、そんなこと。聞きたいのは穂乃ちゃんもいないのにどうしてあたがうちのリビングで我が物顔でコーヒー飲んでんのかってことよ！」

「煩《うるさ》い。お前のきゃんきゃん喚く声は頭が痛くなる」

眉根を寄せた惣真にかちんときた陽菜子は、乱暴に椅子をひいて、買ってきた惣菜弁当を広げた。もわんと香った化学調味料のにおいに惣真は鼻をひくつかせる。存外に繊細な彼が、できあいの食事を——しかも陽菜子が買ってきたようなつくりおきの安弁当のにおいを何より嫌うことは承知の上だが、知ったことではない。朝から打ち合わせが立て続いてろくに食事もとれず、陽菜子の空腹も限界だったのだ。

何か言いかけ、諦めたように惣真は小さく首を振る。

「……柳の目的は十中八九、研究データだ。それから和泉沢のスキャンダル」

「あんたと和泉沢が通じてるのがバレたってこと？」

「不思議なことじゃない。お前に仲立ちしてもらってから、すでに一週間が経っている。ぼんくらにしては要領よく根回しに動いているし、役員の中には柳と通じている者もいるだろうからな。もっとも、上海の劉としての柳と、だろうが」

和泉沢が探っているのは、野方自動車から要請された中国人スタッフの受け入れを、角を立てずに回避する手立てだ。惣真の導きで経産省との結びつきを強化できれば、IMEのためにはなる。だが野方自動車の顔をつぶしては元も子もない。中国と癒着することで得られる目先の利益に、飛びつこうとしているのは何も社長だけではないのだ。力で人の心は動かせない、会長はそう言ってくれたが、情に訴えるだけでは事態を動かすことはできない。

今ならまだ、和泉沢一人を叩きのめすだけで済む。

和泉沢を陥れることさえできれば、中国側に都合よく、事は運べる。

「……わたしも連れて行って」

「なんだと?」

「会社で迎え撃つってことでしょう? ビル内のことなら、わたしが一番よくわかってる。少しは役に立つはずよ」

「お前の無能っぷりを考慮するとむしろマイナスだ。駆け引きに使えるほど己に価値があると思うな。すでに下見は済ませているし、森川と俺で十分だ」

「だったら何しに来たのよ」

「お前の役目は終わったと言いに来た。電話で済むと思ったんだが、巻き込んだ以上は報告義務があると穂乃香に言われたんでな。あいつはろくな提案をしない」

「……穂乃ちゃんの言うことはおとなしく聞くんだ」

「なんでもかんでも聞いているわけじゃない。というより同じ土俵に立ってるつもりか? あいつとお前とじゃ、示してきた実績が違う。つまりは信頼度と言葉の重みが違う。お前みたいな脳たりんと一緒にするな」

――あんたは確かに阿呆だがね、その阿呆さは武器になるよ。装う前に、相手があんたを見くびるのだから。

道場で向き合った大河内は、あっけらかんとそう言った。優しさが武器になる、と言ってくれた会長の言葉と似てまったく非なるものではあったが、陽菜子は素直に受け止めた。それは相手が惣真でも同じだ。目の前にいるこの男は、幼い頃からずっと陽菜子を下に見続けている。

だから、驕る。

ほかの相手には決して見せない、らしからぬ隙をつくる。

「……連れて行かないなら、父に連絡するわ」

「なんだと？」

「当然、わたしは禁を破った罰を受けるでしょうね。里に連れ戻されて、二度と出してはもらえないかも。でも、そんなわたしを利用したあんたはどうかしら？」

惣真のこめかみがぴくりと動くのを確認すると、陽菜子はわざとゆったり笑う。穂乃香のそれを、思い浮かべながら。

「里抜けした忍びに接触し、術を使わせ、手駒に使う。それこそ禁じ手なんじゃない？　そりゃああんたは有能だから、わたしほどの罰を受けることはないかもしれない。でも、次期頭領候補としては、かなりの失点よね。あんたもよく知ってるでしょう、父が何より筋《すじ》を大事にすることを」

「……そんな小賢しい理屈をどこで覚えた」

「覚悟を決めただけよ」

以前の陽菜子だったら、思いついたとしても口にはしなかった。万が一の可能性でも、父に知られることをおそれたから。陽菜子にとって大事なのは、保身だけだったから。

黙り込む惣真を前に、陽菜子は弁当に箸を運んだ。リスクを天秤にかけた惣真がどちらをとるかは明らかだ。陽菜子にやりこめられる悔しさに、拘泥するほど惣真は愚かではない。それだけは彼を信用していた。惣真ほど徹底した忍びを、陽菜子は知らない。

「……研究室フロアに入るＩＤを手に入れられるか」

やがて惣真が重たい口を開く。

「ぼんくらの指紋は手に入れた。だが、ＩＤは予備の用意もない上に、室員が肌身離さず持っている。さすがの森川も接点のない人間から奪うのは難しいそうだ」

「本当はそれをやらせるために来たんでしょ。後出しなんて小狡いんだから」

「できるのか、できないのか」

「できないわけないでしょ。わたしは、和泉沢の友達なのよ？」

舌打ちする惣真の手から、偽のＩＤカードを奪い取る。人事部のデータにでも侵入したのだろう、使われている和泉沢の写真は本物のＩＤカードとそっくり同じだ。入れ替えてもしばらくは気づかれないだろう。

「二日後の水曜、退社後に裏口へ回れ。侵入は午前〇時ちょうど。言っておくが」

「自分のIDでビルに入るなっていうんでしょ。わかってるわよ、それくらい。うちは入館記録がすぐに警備室へ伝わるからね。でも、いったん家に帰る必要ある？　最初から会社に潜んでた方が楽じゃない？」

「どこまで馬鹿なんだ。正体の割れてるお前に、当日尾行がつかないわけないだろう」

侮蔑よりも憐れみの強いその表情に、陽菜子は常にも増して腹立たしくなる。

「敵の数も見えん。最初はまとまって潜入し、状況に応じてばらけたほうがいいだろう。それに」

と、惣真は珍しく好戦的な光を瞳にのせた。

「柳は〝勝負〟だと言った。あいつが用意した舞台で俺たちが裏をかいてこそ、意味がある」

これだから、と陽菜子は唇をへの字に曲げた。忍びというのはみんな歪んでいる。我欲を抑え、功に走らず、ただ任務の遂行のみを念頭に置けと言いながら、自尊心がべらぼうに高くて傲慢なのだ。それでも平静さと客観性を失わずにいられる者だけが一流となれる。

惣真はふっと息をついて立ち上がった。

「それにしてもお前、こんな時間まで何をしていた。会社はとっくに退出したはずだったろう」

時計の針は、二十三時をまわろうとしていた。たしかに陽菜子が会社を出たのは十九時前だが、そんな質問に答える義務はない。

「あんたいい加減に人をストーキングするのやめなさいよ」

「気配を消して姿をくらますような真似をするから怪しまれるんだ。ここ一週間、いったいどこへ通っている」

「あんたには関係ありませんー。監視も度が過ぎると変質者みたいでキモいわよ」

頬の中央が震えたのは、奥歯を噛んだからだろう。今の惣真ならダイヤモンドも噛み砕けるかもしれない、と内心怯えながら陽菜子は涼しげな表情を保った。

「一分でも遅れたら置いていくからな」

吐き捨てるようにそう言うと、惣真は部屋を出て行った。

研究データをのぞけば、柳が欲しているのはとりたてて奪う必要のない情報だ。顧客情報。取引先との契約内容。社員の個人データ。会社の機密。そのどれかをうっかり外部に流出させるだけでいい。あるいはすべてを紛失させて、その事実を世間にリークすればいい。その痕跡に和泉沢の形跡をまぜれば目的は達せられる。むしろ研究データを奪うだけなら、あとからどうとでもなる話だ。邪魔な和泉沢を陥落させることのほうが、彼らの主目的に相違なかった。だが、裏をかえせば重点的に情報の集中している十五階と、和泉沢のデスクおよび研究室のある二十階さえ守ることができれば、陽菜子たちの勝ちということだ。

巧妙に張られた仕掛け糸をよけながら、惣真とともに非常階段で二十階へとかけあがる。人の会社でなに好き勝手してくれてんだ、と腹立つ一方で、深夜とはいえ平日にこれほど大掛かりに挑んでくるなんて、とその組織力に恐れを抱く。

「どうせなら土日に忍び込んでくれればいいのに」

ひとりごちた陽菜子に、惣真は安定の蔑みの目線を送る。

「俺が柳でもそんなわかりやすい真似はしない。ある程度社員が残っているせいで、確かに奴らも動きが制限されるだろうが、それはこちらも同じ。反撃されるリスクが低いという意味では、奴らのほうがやや有利だ」

警備員室と直結している入館記録は一階の出入り口だけだから、一度ビル内に入ってしまえば、ＩＤカードを持つ陽菜子たちは動きの自由がきく。けれどそのぶん、行動経路は限定されやすい。かといって、階段以上に罠が張り巡らされているだろう通風孔などは使えない。結果、どこにいるともしれない柳に対し、陽菜子たちのほうから仕掛けるのは難しいのだった。柳の狙う場所があらかじめ想定されていること、そしてビル内については柳よりも細かな特徴まで熟知していることだけが、陽菜子たちの利点なのだ。

二十階フロアに通じるドアレバーに触れる前に、ゴム手袋で手を覆う。使い古された手ではあるが、放電されていないとも限らない。しかも柳が仕掛ける電流ともなれば、下手すれば手のひらがまるごと焦げ落ちる。その先陣をすべて陽菜子に切らせる惣真に腹が立たないでもなかったが、せめて様子見程度の役に立たねば、柳より先に惣真の手刀を食らうだろう。

慎重にドアを引き、暗闇に足を踏み出す。

十五階にはなかった不穏な空気の中に、柳の気配を察知する。そのにおいも音も完璧に消し去ってはいるが、体感を超えてわかってしまう。

ここに、どこかに、彼がいると。

「……一人、じゃないね」

つぶやくと、暗闇の中でも惣真が目を見張るのがわかった。

「わかるのか」

「うん、なんとなく」

「さっきまでの雑兵とは違う、かなりの手練れだ。油断するなよ」

うん、とうなずきながらも、早鐘をつくように心臓が鳴り響く。考えてみれば、これほど明確な敵のいる実戦は初めてなのだった。駆り出される前に里を抜けた陽菜子に経験があるのは、修練も兼ねた危険の低い任務だけだ。

――ええか、あたしらはな、常に〇・三秒遅れた世界を見とるんだ。

約十日間。

しかも土日を除けば、会社帰りの数時間だけ。

大河内に鍛えられた時間は長くはない。けれどそれは、逃げたい気持ちを抱えながら鍛錬を積んだ里での一か月よりも濃厚だった。

――あんたに今更武道を仕込むつもりはない。一朝一夕にどうにかなるもんじゃないし、滝に打たれるもよし、山を走るもよし、そんなものは自分で勝手にせい。あたしが教えられるのは、その〇・三秒を失くす法だけだ。

目で捉えたときには遅いのだ、と大河内は言った。

耳で聞いたときには死の床だ、と。

事が起きた、その瞬間に反応するには思考を遮断するしかない。感じた瞬間に動くしかないのだ。

隣に惣真がいることも今は忘れる。

隣に惣真がいる気配だけを肌で感じる。

そうしなければたぶん、勝ち目はない。あの夜の二の舞になる。

エレベーターフロアに進む。さすがに三段階のセキュリティは突破できていないらしく、研究室に誰かが侵入した気配はない。和泉沢のＩＤカードでデスクフロアに踏み込むと、陽菜子はあらかじめ決めていた場所に立って目を閉じ、山積した荷物を崩さないよう気をつけながら壁に手をやる。そうして静かに深い呼吸を繰り返し、ただじっと時がくるのを待つ。

そして。

――今だ！

頭上に何かが飛び上がる気配を感じた瞬間、陽菜子はフロアライトのスイッチを入れた。

「あっ！」

突然煌々と照らされた視界に目がつぶれたのか、相手の攻撃の手がぶれる。ゆるんだ剣先を懐にひそめておいた十手《じって》で防ぎ、陽菜子はそれを勢いよく打ち返した。跳ね飛んだ相手に惣真が襲いかかる音が聞こえ、防御の構えをとりながら薄目をあけ、少しずつ目を光に慣らしていく。

何度もフロアに足を運び、間取りも熟知している陽菜子だからこそ打てる先手だったのだ。荷物の陰に予備電源が隠れているなんて、いくら柳でも把握していまいと踏んだのだ。そして陽菜子にはできなくても、惣真なら目を閉じたままでも戦える。たとえ慣れない場所であっても。

「小賢しい手を……！」

けれど、片手で目を覆いながら惣真に応戦する、その忍びが発した声は柳のものより一オクターブ高かった。

「惣真、うしろ！」

光を取り戻した陽菜子の視界に映ったのは、背後から惣真の首に右腕をまわした柳の姿だった。絞められる一瞬手前で手首をつかんで投げ飛ばそうとした惣真に、柳は空いた手で棒手裏剣を突きつける。もつれあうようにして組み合った二人はやがて宙に飛び、デスクの上に立って互いに間合いをとった。その間に、もう一人の忍びもまた視界を取り戻したようだった。

「涼《すず》、お前は望月の娘をやれ」

「承知」

ぬっと立ち上がった涼と呼ばれたその忍びは、体格だけなら陽菜子とほとんど変わらなかった。ひとつに束ねた長い髪としなやかな身のこなしから女性であることはわかる。柳とそろいの布で口元を覆っているためその風貌を見てとることはできないが、真っ黒な忍び装束から伸びる細い手足は、十代の少女のもののように見えた。

手にしている武器は剣ではなく、どうやら鉄扇だ。道理で重みを感じたはずだ。うっかり肩にかすりでもしていたら、それだけで再起不能になっていただろう。

「お前のせいで予定が狂った。さっさと終わらせる」

その声に、おやと思う。

柳が相棒に選ぶくらいだからどれほどの難敵かと身構えたが、実技はともかく、精神面では陽菜子と遜色なさそうだ。おそらく柳が和泉沢のパソコンを漁るあいだ陽菜子たちを一人で足止めしようと目論んでいたのだろうが、だからといって悔しさが滲み出すぎている。さすがの陽菜子でも敵を前にこれほどあからさまに感情の発露はしない。

陽菜子は素手の構えをとった。

——勝てる。

未熟な驕りは隙になる。だが信じることができれば迷いは消える。

涼は鉄扇を陽菜子に向かって突き出した。距離を測りづらくはなったが、目に見えるものに惑わされなければいいだけだ。とはいえ、部屋の中にいくつも気配があれば気が散る。じりじりと相手の動きを探りながら、陽菜子は少しずつ後ろに下がった。誘うように、ほんのわずかに隙を見せて。

床を蹴って、飛び出してきた涼を避けて、陽菜子は思い切り後ろに飛んだ。そのままエレベーターホールの暗闇へ逃げた陽菜子に、涼は虚を突かれたような顔を見せたあと、怒りを瞳にたぎらせる。

「卑怯者！」

やはり忍びのわりには、心の修練が足りていないらしい。印象どおり年若いのかもしれないが、幼さを残す少女までこんな場に引っ張り出すなんてとなおさら柳に対する怒りが湧く。

——と、いけない。わたしもつられてどうするの。

自分より感情的な相手を前にすれば、不思議と心は穏やかになるものだった。

「卑怯でなにが悪いの。忍びなんてそもそも卑怯なものでしょう」

「なんだと……！」

逆に、陽菜子が冷静に挑発すればするほど涼は面白いくらいに乗ってくれた。だがやりすぎは禁物だ。研究室のドアに突入しないよう距離をとって、陽菜子は廊下で改めて構えをとる。

——あたしらはな、なりふりかまわぬ捨て身の戦法で、戦地では卑怯者と誹《そし》られ怯えられたものよ。

陽菜子は、弱い。

どれほど印象が幼くても、涼の俊敏な身のこなしは陽菜子より熟練した武道家であることを証明している。まっとうにやりあって勝てるはずがない。本当は非常階段へ持ち込めればより優位に事を進められるのだが、さすがにドアにたどりつくまえに苦《く》無《ない》が飛んだ。よけたところに、今度は鋭い蹴りが繰り出される。

「くっ……」

腕で受けたつもりが、そのまま後ろへ吹っ飛ばされた。骨に響くような重い蹴りに戸惑っていると、唐突にあたりに明かりが灯った。涼がスイッチを入れたらしい。

「お前の苦痛に歪む顔は、真正面から見たいからな！」

そう言って陽菜子が立ち上がるより先に鉄扇を振り下ろす。すんでのところで飛び退《しさ》ると、涼はくっと笑みをこぼした。

――誰かさんそっくりだわ。

今ごろ、十五階で暴れまわっているだろう上司の顔を思い出す。はじめて忍びとして対峙したとき、彼もまた恍惚とした表情を隠そうともせず襲ってきた。

――ほんと忍びって、大嫌い！

腹を抱えてごほごほと咳き込み続ける陽菜子へ無防備に近づいてきた涼に、拳を繰り出す。さりげなく装着した角手《かくて》がかすって、涼の目じりに二本の線がついた。赤く滲んだものの正体に気づいて、一瞬、うろたえる。

そこを突かれて、今度こそ本当に腹を蹴られ、陽菜子は内臓が破裂するような激痛を味わった。

――あっ……ぶ、な……。

とっさに力を込めなければ、本当に内臓をやられていたかもしれない。

よく見れば、涼の履物はただのスニーカーにしては底がずいぶん厚かった。鉄板でもしこんでいるのだろう、よほど重いものが好きらしい。つまりは軽い自分の身体を疎んじているということかもしれないが。

息が上がっているのに気づき、陽菜子は呼吸を整えながら、十手を強く握りしめた。

短い時間で決めなければ、陽菜子はどんどん不利になる。感情の発露など問題にならないくらい、涼は強い。しかも動いているうちに頭が多少冷えたのか、涼の気配はわずかに薄まった。目の前にいるのに、とらえられない。集中しようと全身に気を張ると、かはっ、といやな息が漏れて呼吸が荒くなった。それなのに涼は、陽菜子に反してどんどん姿を消していく。

完璧に気配を消すことができたら、視界に映っていたとしてもそれは見えていないのと同じ。その極意をいま、涼は披露しようとしている。

――思い出せ。

気が遠くなるほど繰り返し行われた、大河内の訓練を。

襖の向こうで、石の上に落とされる針の音を聞いて本数を答えさせられた。当然当たるはずもなく、間違えるたびに手裏剣が飛んだ。それをかわしながらまた、針の音に耳を澄ませた。

きわめつきは、脳天に背後から振り下ろされた真剣だ。

針の音を探っている最中に忍び寄る大河内の気配を察し、かすればそれだけで流血する真剣をかわして、なおかつ手裏剣をも防ぐ。正直言って、地獄だった。里にいるときもこれほどのスパルタ教育は受けなかった気がする。けれど、今の陽菜子が忍びとしての感覚をとり戻すには必要な荒療治だったのだろう。

修行を思い出しながら、息を吸う。

吸って、吐く。吐いて、止める。そして神経を研ぎ澄ます。

陽菜子は空気だ。空気なら、わかる。ほんのわずかな揺れさえも。涼の存在をつかめなくても、陽菜子は感じることができる。

――きた。

振り下ろされた鉄扇を、同じ速さで十手で止める。

「ちぃっ！」と舌打ちし、再び気配を露にした涼を、今度は押し返さずに鉄扇を持つ腕を掴んで思い切り引いた。バランスを崩したところで、空いた手で咽喉を拳で突こうと繰り出す。……が。

「っ……っ！」

涼のほうが上手だった。

気づいたときには陽菜子の腕に、拳より大きな苦無が突き刺さっていた。

抜かれないようとっさに腕を引いたものの、衝撃と痛みでころげた陽菜子に、涼が満面の笑みを浮かべる。

「いま楽にしてあげる」

そう言って、ゆらりと鉄扇を振り上げる。

けれど、もうだめかと思った刹那。

陽菜子の目に、あるものが目に入った。

涼の斜めうしろ、非常階段につながる扉が。

「森川さん、今よ！」

叫んだ瞬間、涼が怯んだ。とっさに、陽菜子の視線の先へと目線を向ける。

その隙を逃さず、陽菜子はがらあきの鳩尾《みぞおち》に思い切り肘を食らわせた。前かがみになったところで、今度こそうなじに手刀を食らわせる。反撃する間もなく、涼はその場に崩れ落ちた。

扉は、閉じたまま。

誰の姿もそこにはない。

「……ごめん。嘘」

つぶやく声は、もはや届いていないだろう。

——馬鹿馬鹿しいほどにわかりやすい手というのはな、堂々と使えば、案外ばれぬものよ。まさかそんな初歩は打つまいと、相手も決めてかかっとるからの。

大河内に言われたときは半信半疑だったが、まさかそれが決め手になるとは。

ぴくりともしない涼の身体をすばやく改め、武器とおぼしきものはすべて抜く。見たことのない形状の仕込針や寸鉄は、少し考えたあと、自分の懐にしまい込んだ。惣真に渡して手柄とされるのも癪に障るので、かわりに穂乃香に託そうと決める。

最後に念のため、右肩の関節をはずしたあとで、陽菜子は涼の身体を入念にふん縛った。そこでようやく、全身が安堵に包まれる。

――勝ったんだ。

とたんに、貫かれた腕がじくじくと痛んだ。

傷口から滴り始めている血にうんざりしながら、ポケットからネクタイをとりだす。何かの役に立つかもしれないと、十五階で倒した忍びから抜いておいたものだ。二の腕を縛って圧迫したあと、陽菜子は顔をしかめながら苦無を抜いた。

痛い、というよりは熱い。止血しても、血が溢れだす。

けれど刺さったままでは邪魔なのだから仕方がない。穂乃香に持たされた薬を急いで塗ると、血はみるみるうちに凝固した。このまま放置すれば腕が壊死するおそれもあるが、一時的にはやりすごせる。

それよりもいまは、惣真のもとへ戻るほうが先だった。ゆるんだ身体から沸き立つ感情の渦を、ふたたび呼吸に閉じ込める。

涼をころがしたまま、足早にデスクフロアに戻ると、汗のにおいが漂った。

デスクの上を足場にやりあいながら、パソコン一つ壊していないのはさすがだった。電話がひっくりかえり、資料ファイルがいくつか床に落ちてはいるものの、すぐに原状回復できる程度の散らかり方だ。どんなときも、己の痕跡は決して残さない。忍びの習性が染みつき、それに達する技能を持った二人だからこそできる業だ。

だが、さすがにどちらも息が上がっていた。小刀を差し向ける柳は左肩をかばい、応戦する惣真は十手を持つ手が震えている。

ほんの一瞬。

わずかな隙を生むことさえできたら、勝負はつくのに。

体力は限界に近づいているのにぶつかりあう殺気は衰える様子もなく、助太刀したくても陽菜子は間合いを詰めることさえできない。

――と。

陽菜子はあることを思い出した。

気配を消した陽菜子の存在に、二人は気づいていない。だとしたら、やれることが一つだけある。

抜き足で移動しながら静かに考える。問題は、どうやって惣真に知らせるかだ。柳に与えるつもりの隙が、惣真に生まれてしまったら元も子もない。壁際に身体を寄せると懐を探った。なにか。……なにか。そして、小さな小瓶が指先に触れる。

──帰ったら、穂乃香ちゃんにごはん十回くらい奢らなきゃ。

それは穂乃香に渡された、人差し指ほどの大きさのスプレーだった。里のそこかしこに群生する葛の花から抽出した、里の人間だけが持つ合図の香り。

微量でも、この距離でも、惣真なら気づく。

信じてスプレーを噴射する。

それとほとんど同時に、陽菜子はフロア全体の明かりを落とした。光に慣れ切った瞳では、突然の暗闇には対応できない。

だけど惣真なら。

暗闇が訪れると、あらかじめ気づくことができたなら。

だんっ、と何かが打ち付けられる音がして、すかさず明かりをもう一度ともす。

瞼を下ろした惣真が柳を床に組みしき、奪った小刀をその咽喉元に突きつけていた。

「言われたとおり、全員そこに詰めといたぞ」

捕縛した柳と涼を連れて地下駐車場に下りると、ワゴン車のかたわらで森川が優雅に一服しているところだった。それなりにてこずったらしく全体的に薄汚れている。とはいえ大きな傷を受けた様子はない。相手が強かったというよりも、単に数が多すぎたのだろう。

「へえ、柳の頭ともあろうもんが、ずいぶんと情けない姿になったものだな」

と、にやつきながら森川はワゴン車の後部ドアを開ける。

惣真はぞんざいに、むっつり黙り込む柳たちを荷台に放り込んだ。

「で、どうするの。こいつら」

「戦国時代じゃあるまいし、監禁して尋問するわけにもいくまい。適当な場所に捨てていくさ」

「任務で対立することはあっても、他の里に介入することはしない。忍び共通の、暗黙の倫理ってわけか。里の連中はこれだから嫌なんだ。生温《なまぬる》すぎて風邪ひきそうだよ。せっかくのおもちゃで遊ばないなんて」

うそぶく森川に、惣真は充血した目をぎょろりと動かす。

「なんとでも言え。助力には感謝するが、今回のあんたはあくまで協力者だ。始末に口出しされる覚えはない」

「お前らの貫く義勇なんて、とくに柳にゃ通用しないぞ？」

「だとしても……いやだからこそ、忍びとしての掟は遵守する」

「ま、俺はどうでもいいけどな。見返りさえもらえるなら」

「約束は守る」

「早急に頼むよ。じゃ、俺は帰るわ。望月、また明日な。休むなよ、休んだらその腕、捻り上げてやるからな」

ふわああ、と呑気なあくびを一つして、森川は踵を返す。けれどふと思い出したように顔だけで陽菜子を振り返った。

「そうだ。アキホ——穂乃香っていうんだっけ？　あの女に言っといてくれよ、そのうち祝杯挙げに店に行くって」

「え、どうしてですか」

「どうしてって、あの女、俺が行くと心底いやそうな顔するから。面白いだろ」

「……はぁ」

「じゃあな」

と、趣味の悪い笑みを浮かべた森川は、今度こそ軽やかに去っていく。

その姿が消えたとたん、どこからともなくニット帽を目深にかぶり、マスクをした男が二人現れた。惣真はためらいなくポケットからとりだした車のキーを、男たちに向かって放る。

「頼んだぞ」

「任せてください」

答えると、男たちは陽菜子に見向きもせず、ゆらりと足音のないまま車に乗り込んだ。ワゴン車のエンジン音が聞えなくなってはじめて、惣真は肩の力を抜く。空気がわずかにゆるむのを感じて、陽菜子もまたようやく全身の緊張を解いた。

「……惣真、大丈夫?」

さすがに疲れたのか、眉間をぐっと押さえ込んでいる。けれどその顔を覗き込むと、惣真はうっとうしげに手を払った。

「俺が大丈夫じゃないわけないだろう」

「でも、額から血が出てる。拭かなきゃ」

「お前に心配されるほど俺は落ちぶれちゃいない」

そう言いながら、惣真はふらりとよろめいた。抱きとめる陽菜子を面倒くさそうに払おうとするも、おぼつかなげな足元に陽菜子はがっちり腰に手をまわす。抵抗する腰を押さえつけているうちに、やがて惣真は諦めたように力を抜いた。

「……血が出てるのはお前のほうだろうが。ざっくり腕をやられやがって」

「言わないで。意識、向けないようにしてるんだから」

神経を切られなかっただけ、運が良かったのだろう。穂乃香に怒られるかな、利き腕じゃなくてよかったな、と傷跡を見やって、ついでに腕時計が目に入る。時刻はとっくに三時をまわっていた。あと四時間で出社支度かと思うとそっちのほうが憂鬱だ。かといって森川のあの口ぶりでは会社を休むわけにもいかない。

「まったくお前は、ろくな結果を出さないな」

そう言って、惣真は陽菜子の腰に自分の腕をまわした。

「どうしようもない。クズだ」

「どうせ、わたしはいつだって役立たずよ」

言いながら、抱かれる腕の力が想定以上に強くて声がうわずる。互いの鉄臭さと汗のにおいがまじりあい、胸の奥が奇妙にざわめく。緊張を、気づかれたくなくて声がいつもよりもそっけなくなる。

「役立たずなりに、努力したのよ」

「確かに想定よりは動いた。この短期間で、身のこなしがずいぶん変わったな。いったい何をした」

「何って……」

「隠しても、すぐに調べはつく。面倒だから素直に吐け」

そこでようやく惣真は陽菜子を、押し返すようにはねのけた。

「……別に、大したことはしてない。大河内って人に、訓練をつけてもらっただけ」

「大河内？」

「うん。会長の古いお友達って言ってた。なんか、すごく変な人」

その口ぶりから、かつては帝国陸軍でそれなりの地位にいたのだろう、ということくらいは予測がつく。だが身のこなしは軍人というよりも忍びに近く、彼の紡ぐ言葉は里の老人たちに近かった。

「大河内。……まさか、あの？」

「あの、って？」

「……いや、なんでもない」

考え込むように黙り込んだ惣真が、それ以上尋ねても答えてくれないことくらいは経験上察せられた。それに大河内が何者であろうと、陽菜子には関係ない。知るべきことならいずれわかる。

「……訓練、か」

やがて惣真は、長い長い息をついた。

「あんなにもあっさり里を捨てておきながら、ぼんくらのためなら嬉々として忍びの技にも手を出すんだな」

「ちがう。それはちがうよ、惣真。わたしが動いたのは別に、和泉沢のためだけじゃ」

「わかってる。……知っている。お前はそういう奴だ」

そう言って、惣真はわずかに遠い目をする。

「……知伯《ちはく》と趙盾《しょうしゅん》の話を覚えているか」

忍術書の、最初に記された故事のことだと気づくのに三拍かかった。

痴呆め、と吐き捨てる惣真の眼差しにいつものような怒気はない。陽菜子は戸惑いながらも、おずおずうなずく。

それは秦の時代、趙国で戦い続けた二人の武将にまつわる典型的な忍びの訓示だ。

知伯は討ち死にを覚悟したとき、二人の臣下を呼んで我が子を託した。やがて知伯の死後、一人の臣下は御子の命を狙い続ける趙盾に投降し、その証として御子の隠れ家を暴露した。御子を守り続けたもう一人の臣下は、趙盾の急襲に肚をくくり、御子とともに心中した。——だが本当は、死んだのは臣下の子供で、御子の身代わりとなったただけだった。すべては謀られたこと。御子を守るために二人の臣下は、命を張って共謀したのだ。やがて成長した御子が趙盾を滅ぼすのを見届けると、生き残った臣下は、我が子とともに先に逝った仲間の墓の前で腹を切った。

それこそが忍びのあるべき義理の勇だと。

かように心を忍の一字に結ぶべしと、里の大人たちはみな口をそろえた。

「初めてあの話を聞いたあと、お前は泣いたな」

「……見てたの」

「見なくても想像はついたさ。殺された子を、殺さざるをえなかった父を、それでも生きねばならなかった御子を思ってお前はさめざめ泣くんだ。全員納得しての結果だと、言ったところで聞きゃしない」

「さすがのわたしだって、大義を貫いた彼らの志くらいは理解できるわよ」

「それでも、受け入れたくはないのだろう。そういう生き方を」

いつもなら陽菜子を弾劾し追い詰める言葉なのに、なぜだか今日は諦めが滲んでいた。惣真が何を言おうとしているかわからなくて――いや、どこかでわかっていたから――陽菜子は口をつぐんでただ、惣真の視線を受けてまっすぐ見返す。

「昔からそうだ。お前はいつだって人心ばかり。人心に従って行動すれば、その時はうまくいっても後々必ず害になる。終いには大凶を招くとまわりが口酸っぱく言っても、それもまた聞きゃしない。俺たちに大事なのは何より道心だというのに」

道心。

それは、自我を捨てて天性の正義に従う誠の心。

その場は身のためにならなくても、いずれ迷いで身を滅ぼさないために。忍びが備えるべき最大の武器だ。

陽菜子にはついぞ、身につかなかったけれど。

「だがお前の人心は、いつだって他人のためにある」

「……惣真」

決別を。

しようとしているのだとわかった。

逃げるのかと惣真に問われたあのときの、やり直しをしているのだと。

陽菜子はいま、本当の意味で里を——惣真を捨てようとしている。

惣真は、笑みというにはひどく皮肉な歪みを口の端に乗せた。

「そんなお前が、俺は昔から反吐が出るほど嫌いだったよ」

幼き日、柳に襲われたあの日。

涙をこらえる訓練のできていなかった陽菜子は、おおいに泣いた。修練以外ではじめて傷を受けた惣真の顔を正視することができなくて、膝を抱えて泣きじゃくった。どうして惣真が傷つかなくちゃいけないの。忍びになるのがこんなふうに危険にさらされるってことなら、何もかもなくなってしまえばいい。誰かを犠牲にしないと成り立たない生き方なんて、そんなの変だ。

ニュースを見た、直後だったからかもしれない。それまで胸に秘めていた想いを爆発させて、陽菜子は心のままにそう叫んだ。

――しょうがないじゃないか、大きな目的のためには我慢しなくちゃいけないこともある。俺にはお前がどうして泣くのか、心底わからないね。目の前の人間を助けて、結果国が滅べばそれで満足なのか？　馬鹿なのか？

淡々とした惣真の言葉に、陽菜子が泣きやむはずもなかった。きっと顔を上げて、ありったけの力で惣真を睨みつけた。

――なんでいつも惣真はいじわるを言うの？　わたしは惣真にも穂乃ちゃんにも危ない目にあってほしくないの。そんなふうに惣真が傷つくなんて、二度といやなんだから！

——お前。……怖かったから泣いてるんじゃないのか。俺が怪我したから泣いているのか？

——だからさっきからそう言ってるじゃない！

——お前は……本当に馬鹿なんだな……。

惣真は、怒るよりも困惑していた。

——なんでお前はいつも。……いつもそうやって、他人のために泣くんだ。

陽菜子の言う意味がまるで理解できないというように、喚く陽菜子をもてあまし、ただ立ち尽くしていた。そうしてやがて、わかった、とぽつり呟いた。

——俺は絶対に傷つかないし、失敗しない。

——ほんと？　ほんとに惣真は、いつも無事でいてくれる？

——ああ、絶対だ。そうすればお前は安心なんだな？　泣くのをやめるんだな？

——……とりあえずは。

——なんだよ、とりあえずって。

——だって惣真だけじゃだめだもん。好きな人にはみんな、いつだって大丈夫でいてほしいから。

——そんな保証ができるかよ。どこの超能力者だよ。

——うわあああん。

——ああ、もううるさいな。じゃあ、俺が頭になったら、失敗しそうな奴は使わないようにしてやる。優秀な手駒だけ揃えればそれでいいだろ。ほらもうこれで話は終わりだ。いいかげん泣きやめよ、うっとうしい！

約束とも言えないような、その場しのぎの慰め。

惣真が覚えているかどうかはわからない。だけどあれ以来、惣真は強くあり続けた。陽菜子の前で血を流すようなことは、それが修錬であってもなくなった。

そして。

次期頭領としての評価が高いのは、惣真が強いからだけじゃない。

惣真の目の届く範囲では、これまで一度も任務の失敗がなく、ただの一人も傷ついていないから。

「惣真」

名を、呼ぶ。

けれど答えは、ない。

去ってしまった惣真の、気配の名残をつかむことさえできないまま、陽菜子はうつむき唇を嚙んだ。ただ、本人には絶対に伝えられない言葉を、胸のうちで何度となく繰り返す。

ごめん、惣真。

……本当に、ごめん。

6

二月も後半に差しかかったころ、和泉沢に呼びだされた陽菜子は再び会長を見舞った。正月以来、怠け癖がついてしまったよ。そう笑う会長は心なしか一回り小さくなってしまったように見えた。

「このあいだ寝込んだときに、胃腸を弱くしてしまってね。それから食が細くなってしまったの」

華絵はとくに落ち込んだ様子もなく、困ったように微笑んだ。

「年が年ですからねえ。小さなきっかけで弱りやすいものなのよ」

どこか突き放したような物言いだが、どうにかして滋養をつけさせようと台所で試行錯誤している日々なのだと和泉沢は言った。趣味の歌舞伎にも、友人とのお茶会にも、まるで出かけている様子はないのだと。

「意地っ張りでやんなっちゃうよねえ」

と、老夫婦と同じ気丈な笑顔で、心配をおくびにも見せない和泉沢もまた、意地っ張りには相違ないのだった。もしかしたらいつも通りにふるまうことで、迫りくる予感に抗おうとしているだけかもしれないけれど。

とはいえ、落ちたのは体力だけで、思考はしっかりしているようだった。今日もまた将棋勝負で黒星をつけられた陽菜子は、疲弊した頭を癒すべく、華絵手製のゼリーを和泉沢とともに縁側で堪能していた。

「そういえばね、上海との件はいったん白紙に戻ったよ」

もちろん知ってはいたが、はじめて聞く顔をして陽菜子はうなずく。

「よかったわね。上の人たちも納得してくれたの?」

「向坂さんが宝の地図を描いてくれたからねえ。手に入れられれば上海に負けないくらいのメリットがあるし……ちょうど、不安要素もいくつか見つかったところだったから」

研究データにハッキングしようとする痕跡をつけたのだと、穂乃香が言っていた。ぎりぎりのところで露見するくらいの巧妙さで、そしてヨーロッパのサーバーを経由した発信源が上海であると示す証拠もばらまいて。そのわかりやすさに疑念を抱く者もいないではなかったが、提携を考え直す材料の一つにはなる。もちろんすべて惣真たちが仕組んだことで、きわめてグレーゾーンの行為だが、最後の最後でハッキングはしていないのだから咎められることはないだろう。

一方で、海外に決して技術情報を流出させないという条件のもと、経産省の進めるプロジェクトに参画するための道程を、惣真は和泉沢に提示してみせた。さらには並行して野方自動車へ話を持ちかけ、上海との提携を思いとどまるよう揺さぶりをかけたらしい。

「向坂さんは怖い人だねえ。いまは味方でいてくれるけど、いざとなったら簡単にぼくもＩＭＥも切り捨てられるんだろうな。彼にとってはきっと、ぼくらの生き死になんてどうってことないんだろうし」

そうね、と即答するのは仲介した立場上はばかられたが、怖い、という表現に異論はなかった。

柳との対決後、森川が上機嫌になったのを見てもわかる。難航していたはずのアーバン・エナジーとの契約が、急転直下の速さで成立したのだ。しかも、無体な利益配分を要求されていたところを、五分五分どころかＩＭＥ優位で進められることとなった。もしそれが森川の言っていた見返りだとするならば、惣真の影響力はアメリカにまで及んでいることになる。

——自分のこと、ばかりだったけど。

惣真はいったい、誰に仕えているのか。彼の主は誰なのか。

陽菜子はあいかわらず、何も知らないままだ。

「頑張らなきゃなあ。向坂さんたちにメリットがあると思わせ続けられなきゃ、ぼくらに未来はないもんね。父さんは父さんで変わらないだろうし、問題は山積みだよ。まいったなあ」

「……のわりに、楽しそうね？」

「うん。なんだかやっと、やりたいことをちゃんとやれている気がするよ」

つるんとゼリーを飲み込むと、和泉沢は緑茶をすすった。

石庭にはあいかわらず、龍が顔をのぞかせている。この間は蕾にすらなっていなかった梅が咲き誇っているせいか、今日の水面は穏やかにたゆたっているように見えた。龍が浮かび上がろうとしているのではなく、ふたたび深い底へと潜っていこうとしているように。

「あのさ、望月。一回だけ聞くね」

「なに、改まって」

「望月は、何者なの？」

聞かれると思っていた。むしろ松葉商事とのときに、聞かれなかったことが不思議なくらいだ。

陽菜子も和泉沢を真似て、ゼリーをのどに流し込むと、湯気の立った湯呑みに口をつける。猫舌の陽菜子には熱すぎて、舐めることもできない。

「言えない」

緑茶を冷ましながら答えると、和泉沢はただ、そっか、とつぶやいた。

「じゃあ、もう聞かない」

あまりにきっぱりしたその言葉に、陽菜子は問うように首をかしげる。和泉沢は、本当に気にしていないというようにあっけらかんと笑ってみせる。

「聞かないのも変だから、聞いただけ。もちろん教えてもらえるなら知りたかったけど、言えないことなら仕方ないでしょ」

「そんなに物分かりがいいと、いつか損するわよ」

「何にだって物分かりがいいわけじゃないよ。ただ、望月が何者であろうと気にしないだけ。」

「……なんで？」

「ん？」

「なんでそんなにわたしのこと信じられるの」

本当の顔を見せてくれている気がしない。三年つきあった恋人は、別れ際、陽菜子を責めるようにそう言った。そんなことで三年間の積み重ねがなかったことになるのか、だとしたら、里を抜けても忍びの習性の抜けない陽菜子は一生誰とも恋なんてできないだろうと思った。それなのに。

二人きりでプライベートを過ごしたことのない、本当の顔どころか仕事以外の顔もほとんど見せたことのない和泉沢が気にしないと言ってくれる。

和泉沢は一瞬きょとんとしたあと、ふふっと屈託のない笑みを浮かべた。

「へんな望月。そんなの、決まってるじゃない。望月が信頼に足る人だからだよ」

「……答えになってない」

「同期として、部下として、……友達として。望月が言ってくれたことやしてくれたことがぼくにとってはすべてだもの。本当の望月がどういう人かなんてどうだっていい。どんな望月だって、ぼくは変わらず好きだから」

「……それはそれは。ありがたいことだわね」

あいかわらず小学生みたいな純朴さをぶっぱなしてくる男だな、と内心毒を吐いたのは、そうでもしないと泣いてしまうような気がしたからだ。泣かない、泣けない、けれどこの男の隣にいる限り、陽菜子は〝人として〟大切なものをギリギリのところで失わずに済む気がする。

見返りは求めない。和泉沢が笑っていてくれるなら、たとえその〝好き〟が純粋無垢な友情だったとしても、かまわない。

そう肚を括ってしまえば、どんな形であれ好意を示されるのはうれしかった。

――が。

「それだけ？」

肝心の和泉沢が不服そうに唇を尖らせ、責めるように陽菜子を見る。

「なによ、その顔」

「だってぼく、一応、告白したつもりなのに」

「…………は？」

湯呑みを落とさなかったのは、鍛錬のたまものだった。けれど思考とともに身体もフリーズを起こしているのに気づき、和泉沢の言った意味を、咀嚼する前に湯呑みを安全な場所へ置く。

いやいやいやいやいや。ないないないないない。

めまぐるしく再起動を始めた脳の導き出す、答えを必死に否定する。

「だからさ、あんたはもう少し言葉を選びなさいって。人間愛みたいなものを伝えるときは、告白なんて言い回ししなくていいのよ？」

「なに言ってんのさ、望月。男が女の人に好きって伝えるのが、人間愛のわけがないじゃないか」

いやいやいやいやいやあんた散々そんな意味合いの好きをわたしにぶつけまくってきてましたけど⁉

そう叫んだつもりが声にならない。口がぱくぱく動くばかりで、音が出ない。

――待って待って待って待って。

だってまさか。

いつからそんな。

「あ……あんたわたしのこと、友達って……！」

かろうじて絞り出した声はかすれていたけれど、和泉沢には届いたらしい。照れたようにえへらと笑う。

「ほんとにねえ。ぼくって、馬鹿だよねえ」

「なななななな、なんっ……だって、いつから……！」

「うーん、いつかなあ。たぶん最初っからそうだったんじゃないかな」

「待ちなさいよあんた、最初っからってどういう」

「でもさあ、よく考えてみてよ。そうじゃないほうが不自然じゃない？」

不自然の塊が何をいまさら。

三十路超えてその形状を保っていることがそもそも不自然のくせして！

「だって。だって、小春さんは！」

「また小春さん？　どうしてそんなにこだわるんだよ」

「あんだけ頬染めて浮かれてたら誰だってそう思うわよ！」

「そりゃあ、モデル並みにきれいな人だもん。話をするだけで浮かれるよ。ぼくだって男なんだからさ」

「お前！」

と、今度は心の叫びが声に出た。

こらえきれずに胸倉をひっつかんだ陽菜子に和泉沢は、おっとっと、と落語みたいな声を漏らして両手をホールドアップする。

頬が熱い。

頭のてっぺんが沸騰して、噴火しそうだった。何が起きているのか、まるでわからない。だってこんなの、嘘だ。きっと夢だ。現実にありえるわけがない。

だけど和泉沢の瞳には、泣き出しそうに顔をゆがめた陽菜子が映っている。その目元は愛おしそうに和らいでいる。

「好きだよ、望月」

そう言って和泉沢は、馬鹿みたいに能天気ないつもの顔で、へにゃっと笑った。

＊

今回の件に、森川俊之《としゆき》が手を貸していたのは確かなようです。

彼がそう報告すると、柳はさしておもしろくもなさそうに、ふうんと息を漏らした。

「とはいえ、完全にあちら側についたわけではないかと。あくまで一時協定、今後の展開次第ではこちら側につくことも」

「それはないな」

と、柳はきっぱり否定する。

「せいぜい情報提供する程度だろう。たしかにあの男は俺たちに近い――が、いわゆる同族嫌悪というやつだな。根っこが近しいだけに我々への反発心も強くなる」

「……篠山穂乃香の店によく通い、接触を重ねているようですが、あの女に惚れた、ということは」

「それもないな。あの男がそんな個人的な感情で立ち位置を決めるわけがない。……主を必要としない忍びほど、利用しづらいものはない。あいつには触れないが吉だ」

柳の下に集うのは、仕えるべき主を捨てた抜け忍ばかりだ。だが、そのほとんどは新たに仕えるべき誰かを——自分の能力を生かす対象を探している。彼も、そのひとりだった。忍びとして、陰日向なく主に仕えたかったのに、無能は不要と切り捨てられた。それを拾ってくれたのが柳だ。彼にしかできない任務を与え、生きる意味を見つけてくれた。

「やはり狙うは、望月の娘だな」

そう言って、柳は冷たく笑う。

「忠誠心も忍びとしての誇りも半端なあの女。ああいうのが一番、転びやすい」

「引き込む、んですか？」

「そうだな。……それが向坂惣真の弱点でもあるようだし」

愉快そうに肩を揺らす柳を見つめながら、彼は望月陽菜子の姿を思い浮かべた。

ずっと、監視していた。だから気づいた。彼女は、彼と同じだと。忍びに生まれついたばっかりに傷つき続け、不器用な自分をもてあましている。

柳の側に引き込むことが、彼女を救うことになるのなら。

そして自分を救ってくれた柳を助けることになるのなら。

彼は拳を握って、背を伸ばす。

そうして柳からくだされる次の指令を、待ち受ける。

風に偲《しの》ぶ恋

風は呼吸。呼吸は風。風と呼吸によって生み出される言葉は、空を舞う言の葉。

そう書かれた本を貸してくれた人は穂乃香に言った。きみはきっと、風のように生きて世界に溶ける忍びとなる。その言葉がいまも、穂乃香の気高き誇りを支えている。文字どおり、穂乃香のまわりを漂う風となって。

「また来てくださって、うれしいわ」

そう言って艶やかな笑みを浮かべてみせると、どんなに偏屈な男でも頬をゆるめるのが常なのに、いま穂乃香の前でソファにふんぞりかえっているその男だけは、来るたび醒めた視線をよこして鼻で笑う。気に食わないなら指名しなければいいのに、何度か店を訪れている彼はきまって穂乃香を呼び出し、ほかの女性とは話そうともしない。隣で場をつないでいた女の子が困ったように穂乃香に視線をよこすのに、もう大丈夫、とやはり視線でかえすと、彼女はほっとしたように席を立ち、そそくさと別のテーブルへと移っていった。

あのイケメンずいぶんアキホちゃんにご執心ねえ、と同僚たちが嫉妬ではなくからかい口調でこづいてくるのは、彼がただの会社員で、さほど金払いがいいわけでもないからにすぎないのだが、だからこそ穂乃香はうんざりしている。たいした売り上げにならないうえに、任務でもないのに神経を研ぎ澄ませていなくてはならない男の相手なんて、仕事の邪魔でしかない。

陽菜子がへまをしたせいでとんだとばっちりだ、と穂乃香も森川を醒めた目で見下ろす。そのとたん、森川はにやりと笑った。

「客にそんな顔していいのか」

「シャルドネでも注文してくだされば、笑顔を浮かべる気にもなりますけど」

一度栓を抜けば飲み干すしかないワインを注文されるのが穂乃香たちには一番うれしい。だが、

「いやだね。あんたのことだからどうせ片手じゃきかないやつ出してくるだろ」

と、森川はにべもない。

「あらあ、うちをぼったくり扱いしないでくださいます？　ちゃんとお客さまの懐事情くらい読みますよ。一番お手頃なの、お出ししましょうか」

ママに聞かれたら叱られかねない暴言は、呼吸を変えて森川だけに届く声で吐く。

仕事しないわけにはいかないので、これみよがしに彼が空けたグラスにウイスキーを注いだ。森川が注文するのは決まって響の水割り。極限まで薄くして杯を重ねさせてやるのと、ロックと変わらない濃さにしてやるのと、どちらが嫌がらせになるだろうかといつも迷うが、前者にして長時間居座られてはたまったものではないし、希望されない限りはボトルキープをしないこの店で後者をやれば店の損失になるだけだ。酔い潰してやりたくても、この男は穂乃香と同様、並みの酒量では酔わない訓練を受けているだろうから。

いやがらせのように森川が時々現れることを惣真に報告すると、情報源としてつないでおけ、油断はするなとしごく当然のことを言われて終わった。正式に命じられてしまえば無下に扱うこともできず、穂乃香はますますうんざりする。

――これがヒナちゃんなら事細かに指示して、様子だって見に来るくせに。

そうしてほしい、わけではないし、忍びとしては至らないところだらけの陽菜子と一緒にされるいわれもないが、ていよく監視という面倒を押しつけられた苛立ちは湧く。知ってか知らずか森川は、いつものらりくらりとどうでもいい話を小一時間して帰っていく。

「課長さんっていうのはずいぶんとお暇なポストなのね」

「俺は暇なんじゃなくて優秀なんだよ。残業なんて無能のやることだからな」

「それは残業だらけのヒナちゃんに対するあてつけかしら」

「あてつけるまでもない。あいつが無能なのはあんただってよくわかってるだろ」

「否定はしないけど、あの子の悪口を身内以外が言うのは許さないわよ」

ほんとうは、変身術を除いたとしても、陽菜子にはあんがい見どころがあると穂乃香は思っている。誰にだって向き不向きはある。ようは使いようなのだ。たぶん陽菜子をいちばん有効に使えるのは自分だ、惣真よりも。という自負が穂乃香にはあるが、もちろん森川には言わないし言えない。たまにはワインでもご馳走してくれればいいのに、と思いながら「ご相伴に預かりますね」と許可もとらずに自分のぶんの水割りをつくる。森川も、それに文句を言うほど度量の狭い男ではなかった。

「許さないといえばあなた、前にヒナちゃんの顔に傷つけたでしょう。必要もないのに脅すためだけに。ほんと最悪。信じらんない。あんなことをまたしたら、あたし本当に許さないわよ」

「あれも自業自得だろうよ。いくらなんでもいきなりコーヒーに薬まぜるか?」

「ああ、あれ」

穂乃香が渡した、里でつくられている発汗丸のことだ。体温があがって発汗作用を促進させる以外は人体にたいした影響はないものだが。

「仕掛けるにしても、もうちょっとやりようがあるだろう。誰が仕込んだか丸わかりだし、ふつうに喧嘩売られたんだと思った俺は間違ってるか？」

「間違ってないわよ。相手を見誤っていただけで」

「そうなんだよな。あいつ、素でやったんだよな。そういうところが無能なんだよ。和泉沢と同類。俺の一番嫌いなタイプ」

「にしては、可愛がってくれてるみたいじゃない。このあいだうちに来たときもずいぶん仲良さそうに見えたわよ」

「和泉沢には嫌悪感しかないが、望月はまだ可愛げがあるからな」

「そうなのよねえ。そこがあの子の、ずるいところなのよねえ」

肩をすくめると、森川は試すような視線を横目でよこす。

「なんか企んでんの？」

「なにをよ」

「望月に、だよ。本来、あんたもあいつみたいなタイプは一番嫌いだろ」

「あなたに私のなにがわかるの」

「わかるさ。あんたは俺の同類だからな」

少しだけ、二人のあいだに漂う空気が変わる。正確には、穂乃香の背後に回された森川の左腕から、発せられた熱の種類が。

またださ、と穂乃香は気づかれない程度に息を吐く。森川は、ソファに載せた腕を決して動かそうとはしない。つまり、直接触ろうとはしてこない。けれどときどき、穂乃香は触れられてもいないのに抱かれているような気持ちになることがある。森川の、小さな欲望を帯びた熱を背中に感じるのだ。

「一緒にされるなんて、心の底から不本意だわ」

気づかないふりをして、穂乃香はふたたび空いた森川のグラスを酒で埋める。今日は、ペースがいつもよりはやい。試すような視線がうなじに注がれるのを感じる。まさか本当に、それが目的で店に通っているのだろうか。これまで何度も浮きあがっては消えた疑いが穂乃香の脳裏をよぎる。惣真へのいやがらせでもなく、情報を得るためでも牽制でもなく、ただ穂乃香に会いたくてこの男は。

静かに呼吸をととのえる。

だとすればよけいに、穂乃香も一挙手一投足に、気が抜けない。

森川はするどい。

たしかに穂乃香にとって陽菜子は本来、得意なタイプではまったくなかった。同じ産院で、五日違いで生まれただけでなく、里で同じ年に生まれた女子は二人きりだったから、赤ん坊のころから行動をともにすることは多かったけれど、望んでそうしていたというよりは、必然的に頭領娘のお目付け役を担うはめになってしまっただけのことだ。里は基本的にブラック企業。人間はみな平等かもしれないけれど、忍びはちがう。生まれによって確たる序列が存在するし、それを覆すには能力を示すしかない。穂乃香の生まれた篠山の家がもつ発言権の大きさは、八百葛においては下から数えたほうがはやく、二人の兄をもつ穂乃香は、なおさら立場が低かった。

里の大人たちは、望月の家に生まれたからといって陽菜子を甘やかしたりはしない。むしろ後継ぎとして執拗に厳しくしていたとも思う。だが反面で、穂乃香には決して享受することのない恩恵を受ける機会があったのも事実だ。

役立たずでも陽菜子が生きる場所を失わずにいられたのは、ひとえに頭領の一人娘だったから。その逃げ場のなさは、穂乃香に想像のつかない厳しいものであっただろうと、いまは優しく思いやることもできるけど、子供のころは人並みに腹も立った。里で二番目に権力の大きい向坂家の次男坊で、三十年ぶりの逸材とうたわれていた惣真を、あたりまえのように婚約者に据えられていたのも憎らしかった。

——わたしの努力と、この子の努力は、価値がちがう。

そう思い知らされるのも、つらかった。だから陽菜子に、少々冷たくあたっていた時期もある。感情の抑制を課せられているとはいっても、やはり人間だ。とくに幼いうちは、訓練の場を離れれば喜怒哀楽と無縁ではいられなかった。

陽菜子とて馬鹿ではない。穂乃香のつれない態度には気づいていただろう。けれど、陽菜子はいつでも変わらなかった。しいて機嫌をとってくることもなければ、距離を置こうともしなかった。毎朝、登校のために迎えにいくとすでに玄関先に立っていて「おはよう、穂乃ちゃん」と間の抜けた笑みを浮かべていた。

——それがよけいに、むかついたのよねえ。

森川とうわっつらの会話をくりひろげながら、穂乃香もグラスを空にする。背中に感じる熱は弱まる気配がなく、いつもなら帰る時間になってもぐいぐいお酒を呷《あお》る森川の様子をうかがいながら、頭の片隅で里にいたころを思い出す。断じて酔ってはいないが、どこかふわふわ浮ついたような気持ちになるのは、過去が陽炎のように脳裏に揺れているせいかもしれなかった。

——この男は、わたしとどうしたいんだろう。

うんざりしながらも憎みきれないのは、いちおう客だからとか惣真から指示があったからというだけでなく、森川の言うとおり、自分と同質のなにかを感じとっているからだった。忍びとしての務めは最優先ながら、穂乃香にはどこか、自分がおもしろがれるかどうかで物事をジャッジするきらいがある。忍欲、忍我——欲望も我心も捨てよという鉄則に反するように見えるけれど、それこそが穂乃香にとっては忍び稼業を続ける理由でもある。

森川も、そのタイプだ。

指図されることをきらう彼は里を抜け、与えられた任務を臨機応変にこなすことに喜びを覚える穂乃香はとどまっている。それだけの違い。

だからたぶん、上司のいない彼が店に通い続けるのは魂胆があってというより、ただおもしろがっているのだろう。客とホステスに扮した茶番劇のようなひとときを。

——問題は、その先をどの程度望んでいるかよねえ。

誘われている、のはたしかだ。でもそれもきっと、彼にとっては遊戯のひとつ。

別にしてもかまわない、と穂乃香は思う。

互いの立場をさておけば、引き締まった身体も、惣真ほどではないにしても深謀遠慮に長けた頭脳も、人を喰ったようなその笑みもきらいではない。むしろオスとしては好みの部類に入る。穂乃香に一切の情を抱いていない森川との関係は、ちょうどいいストレス解消にもなる気がする。気を抜けば情報を抜かれるかもしれないスリルも、そうなればちょうどいい刺激となる。惣真も、苦々しい顔はしてもおそらく止めることはないだろう。

——ほどほどにしておけよ。

そう言われるのが、目に見えていた。もちろんよ、と穂乃香は艶然と笑むだろう。どんな男と身体を重ねようと、穂乃香が快楽に溺れることはない。

ただ一人の男を除いて。

穂乃香の心を絆《ほだ》すことは、誰にもできないのだから。

惣真のことが好きだったわけではない。

もともと穂乃香は他人に対する感情の薄い人間だ。陽菜子に嫉妬心のようなものを抱いていたのも、負けず嫌いの気質が大きかったように思う。だから、惣真を奪ってやろうなんて気はさらさら起きなかった。正確には、考えないでもなかったし自分の色香は幼いころから自覚していたのでちょっと試してみようと思ったことがないではないが、自分以上に他人に興味がないはずの惣真が、陽菜子にだけ感情を揺さぶられているのを見て、気が失せたというのが正しい。

惣真と穂乃香は、よく似ている。森川とはまたちがう意味で。

陽菜子の婚約者という立場を彼が甘んじて受けていたのは、次男だからというだけで家督を継がせる気のない向坂家に見切りをつけて、里の次期頭領という地位を得ようとしていたからに他ならない。だがいつからか、惣真の陽菜子を見守る視線には、地位への執着とはちがうなにかが入り混じるようになったことに穂乃香は気づいていた。なにがきっかけかは知らないけれど、勝ち目のない勝負をしかけてまで手に入れたいと思うものは惣真にないと、穂乃香は思った。

だから標的を変えることにした。

惣真の、五つ離れた兄を狙うことにしたのだ。

向坂家の後継ぎという、里でいちばんの出世株を狙うことで、陽菜子に対抗できるような気がしたのだが、よくよく考えてみれば陽菜子にはなんの関係もないことは、当時の穂乃香にもわかっていた。

たぶん、退屈して、鬱屈していたのだと思う。

惣真ほどでないにしても、くノ一のなかではここ数年でいちばん期待ができると認められていたのに、なんなら兄二人よりも優秀なのは誰もが認めるところだったのに、末っ子というだけで家督が継げないことは決定的だった。その能力は地道な努力で培われてきたものなのに、生まれ持った色香のせいで、いいよね美人は楽でさあ、なんて嫉妬の目を向けられることも少なくない。長子であれば女でも家督は継げる、能力さえあれば男女の区別はない、それは里がもつ唯一の美点だったけれど、そんなふうに容貌で揶揄されるのはたいてい女で、土地に染みついた男尊女卑も腹立たしかった。だったらお望みどおり、この色香を利用してやるわよ。惣ちゃんがやってることと同じでしょ。わたしがやってなにが悪いの。そんな、ろくでもない発想が起点だったのだから、ますます陽菜子は関係ない。

――ヒナちゃんは、ただの言い訳に過ぎなかったのよね。

最初から、陽菜子はなにも悪くない。苛立ちをぶつけるのに、ちょうどいい相手だった。それも聡い穂乃香なら当時からわかっていたはずだけど、かたくなに気づかないふりをしていた。若さゆえの、過ちである。若かったんだからしょうがないでしょ、とすべてに気づいたいまも、穂乃香はあっけらかんと開きなおっている。

「考えてみれば、ヒナちゃんだけだったのよねー。そんだけ色仕掛けできたら、なんだってできるだろ。みたいな嫌味を一度も飛ばさなかったのは」

と、思わずこぼしたのは、陽菜子がいかに忍びとしてぽんこつかを嬉々としてしゃべる森川の口を止めたかったからかもしれない。森川は一瞬口をつぐんだあと、あっさりと「まあ、あいつはそういうところがあるよな」とうなずいた。

「和泉沢の馬鹿はあれでも社長の息子だからな。ふつう、べったりそばにいる女がいたら憎まれそうなものだけど、そうならないのはたぶん、あいつの人徳なんだろうよ」

「あらあ。妙に好意的じゃない」

「事実に好意も敵意もあるかよ。俺は部下としてのあいつは信頼している。状況や相手を見る目がフラットだから、判断を間違えない。でもそれは、忍びとしての訓練が利いているからじゃなくて、もともとそういう奴なんだろう、たぶん」

訓練だけであああなれるなら他ももっと秀でているはずだ、とグラスを呷る森川の物言いは、褒めているのか貶《けな》しているのかわからない。だけどふと、気がゆるみそうになってしまったのは、こんなふうに陽菜子のことを語りあえる相手がこれまでいなかったからだった。そうなの。ヒナちゃんはそういう子なの。よくもわるくも忍びに染まりきれずに苦しんできたの。もちろん言わないし、気もゆるませない。穂乃香は訓練が、利いているから。

――あの人とヒナちゃんも、ちょっと似てるのよね。

なんでこの男の隣で彼を思い出さなきゃいけないんだろう。と思いながら、穂乃香もグラスを傾ける。向坂凌《しのぐ》。もうずいぶんと直接顔を合わせていない彼の面影を、瞬きする瞼の裏に、思い描く。

幼いころから身体が弱かった向坂凌が、陽菜子のように落ちこぼれ扱いされることがなかったのは、その頭脳がとにかくずば抜けていたからだ。小学生のころ、安楽椅子探偵という言葉を知ったときは、まさしく凌のことだと穂乃香は思った。事件現場に行くことなく座って話を聞いただけで解決してしまう、人並み外れて機知に富んだ人物。凌はまさにそれで、進学があやうい出席日数でも、試験で満点以外をとることはなかったし、忍びの歴史や知識についても、里の長老より詳しいと評判だった。もし彼の身体が丈夫で、実践を積むことができていたなら、惣真など足元にもおよばなかったかもしれない。

けれどそう言うと凌は、

「そんなわけないよ。ぼくは寝てばかりいるぶん脳のリソースをすべて知識に注げていただけだ。分散したら、試験の点数もろくにとれないで、厄介者扱いされていたに違いないよ。親だって、惣真に家督を譲れと迫りたくても、次期頭領を狙うほうが得になるからできなかっただろうしね」

と、肩をすくめるだけだった。

「情けないなあ、凌ちゃんは。もうちょっと威厳のあること言いなさいよ」

穂乃香があきれると、

「向いてないよ、ぼくにそういうのは」

と、今度は困ったように微笑んだ。そんなだから、と穂乃香は思った。里いちばんの美人に迫られても手を出す勇気をもてないのだ。

里の男にしては珍しく、凌は謙虚で、誰に対してもえらそうなところが一つもなかった。高校一年生の夏休み、寝込みを襲ってやろうと屋敷に穂乃香が忍びこんだときも、こんなことしちゃだめだよ穂乃ちゃん、と渋い顔をするだけだった。自分が迫ればたいていの男はオチる自信のあった穂乃香は、どれだけ迫っても頑とした態度をくずさない凌に腹をたてた。以来、好意というよりは意地で、頻繁に凌の寝込みを襲うようになり、やはりまったく手を出されずに世間話だけをする関係が、二年近くも続いていた。

「穂乃ちゃんは、東京の大学に行くんだろう?」

座敷に敷かれた布団のうえで、ねまき用の浴衣を身にまとってあぐらをかく凌の姿は、はかない文学青年のようだった。実際、忍びこむといつも凌はぶあつい本を読んでいて、穂乃香の魂胆を拒絶するように本を閉じることはない。さらに窓から差し込む月明かりは、凌の色白の頬を照らして薄幸な雰囲気を際立たせる。できすぎだ、と思いながら穂乃香は答える。

「うーん、たぶん。ヒナちゃんが里から離れたがってるから。あたりまえのようにお目付け役のあたしもついていくことになってる。ま、さすがにちがう大学に行くのは許されるだろうけど」

「一緒に住むの？」

「まさか。そんな息苦しいことしたら、ヒナちゃんは反抗するだろうし、あたしもヒナちゃんのこと本気できらいになっちゃいそう。あたしはほどよい幼なじみ関係を保っていたいのよ」

むだに陽菜子に対抗心を抱いてしまうのは、小学校からずっと同じ学校に通い、里での訓練もともにするという、年がら年中ともに過ごす生活のせいにちがいない。陽菜子はのんきに穂乃香を慕ってくるけれど、お目付け役に見張られ続ける生活が心地よいはずもなかった。

「ま、離れて気づく大切さ、みたいなものもあるからね」

「それは凌ちゃんにも言えるんじゃなくて？　来年になったらこうしてあたしが遊びにくることもなくなるのよ。それではじめて気がつくんだわ、惜しいことをした、って。そうなる前にいいかげん、観念したら？」

そう言って、背中から思いきり凌に抱きつく。けれどそれは色仕掛けというより、兄を慕う妹のそれに似ているということは、穂乃香にも自覚があった。だから凌は、いつまでも穂乃香を相手してくれない。

里で穂乃香を〝女〟として見ない男は、陽菜子しか見ていない惣真を除けば、凌だけだった。さすがに実践を仕込まれることはないが、色に溺れるなんてことがあってはならない忍びは、なるべくはやく経験を済ませておくことが望まれる。けれどどれだけ修練を積んでいても、はじめての相手に我を忘れてしまうケースは少なくなく、できることなら素性の知れた仲間内で事務的に済ませておくことが推奨されていた。

ゆえに、昔から穂乃香には誘いの声が絶えない。欲を捨てよといいながら、うんざりするほど欲まみれの視線を向けられることも、少なくない。

そうしないのは、向坂家の兄弟だけだった。だからこんなにも、一緒にいて落ち着くのかもしれないと、穂乃香は凌の体温を感じながら思う。

「あたし、最初は凌ちゃんがいい。つきあって、なんて言わないわよ。向坂と篠山の家じゃ格がちがうもの。でもどうせ誰かとしなくちゃいけないなら、凌ちゃんがいい」

「どうせ、なんて言うもんじゃないよ。忍びだからって、そういう大事なことを義務的にする必要はない。いまは戦国時代じゃないんだから」

「でもあたしは、……あたしはたぶん、そういう役目を求められる。もちろんギリギリでかわすのが術の肝なのはわかってる。だからって、経験がないまま実践にうつるのは、さすがのあたしもきついわよ。……うまくいかないことだって、あるかもしれないし」

背中に額を押しつけていると、ぱたんと本が閉じられる音がした。穂乃香の腕にひんやりとした凌の手の感触が乗る。

「そんな任務、受けなければいい。何度も言うけど、いまは戦国時代じゃないんだ。任務のために人としての尊厳を失う必要なんてないよ」

「……わかってないなあ、凌ちゃんは。あたし、忍びの仕事は好きなのよ。きわどい任務も、あたしにしかできないことなら、やりたいの。そのために必要な経験は手に入れておきたいのよ」

ああ、こんなことを言うと、凌を誘っているのはただの利己的な都合だと思われる。

穂乃香は小さく唇を噛んだ。どう伝えればいいのだろう。忍びとしての武器を磨くために経験がほしい。でも相手は誰でもいいわけじゃない。凌じゃないといやなのだと、どうしたらわかってもらえるのだろう。

凌がやさしく、穂乃香の腕を撫でる。胸がぎゅっと締めつけられるのを、穂乃香は呼吸をくりかえすことで抑制する。この気持ちに溺れてはいけない。でも一度でいいから溺れてしまいたい。相反する感情が、穂乃香の内側でせめぎあう。

「……四時の間には色々様々のことあれとも、是は誰かするやらん知る者なきか如く、能き忍者の智は其広大なること天のことし」

とつとつと、急に凌がつぶやいた。

なに？　と顔をあげると、凌は穂乃香に抱きつかれたまま、前をみて語りだす。

「天地の春は長閑に草が伸びて花が咲き、夏は暑さのなかで繁茂する。冷たくなった秋に草木は黄色に変わり葉が落ちて、冬の寒さで枯れて根に帰る。四季がうつりかわるあいだにはさまざまな変化があるけれど、それがいつ、どうやって成されるのか誰も知らない。すぐれた忍者の智もまた天地と同じ、人が知るよしのないところで広がっていく」

「……忍術の座学で、聞いたことがある、気がする」

「はじめて穂乃ちゃんがここに忍びこんできたとき、風みたいだなあ、って思ったんだ。音もなく気配もない、それは忍びとしてあたりまえだけど、気づけばあたりまえのようにそこにいて、おそれと慈しみを運んでくる。穂乃ちゃんは、天と地のあいだに吹く風だ」

「……風」

「きみの才能は色香ではなく、そのしなやかさだとぼくは思う。だから……焦らなくていい。穂乃ちゃんは穂乃ちゃんのままでいてほしい。きみを磨くのはやみくもに得る経験ではないはずだから」

「……凌ちゃん」

穂乃香は、ふたたび凌にまわした腕に力をこめた。

「そういうこと言われて、好きになるなっていうほうが、不自然じゃない？」

「好きになるな、なんてぼく、一度でも言った？」

軽やかに言われて、穂乃香は顔をあげる。

凌は動かしづらそうに首をかたむけ、肩にのせられた穂乃香の顔に、自分のそれを近づけた。

「風のようにあらわれて、ぼくの世界に自然と溶けていったきみが、ぼくは好きだ。

忍びとしてもそうあってほしいと思っている」

「……気障《きざ》。よくもまあ、恥ずかしげもなく言えるわね、そんなこと」

「これがぼくの武器だからね。身体が弱いぼくにできるのは、言葉を磨くことくらいだ。ああ、そうだ。この本、貸してあげるよ。きっといまの穂乃ちゃんの役に――」

吐息が鼻先をくすぐる距離で、またもとうとうと語りはじめた凌の唇を、穂乃香はふさいだ。驚いたように一瞬、凌の呼吸が止まるけれど、拒絶されることはない。やわらかさをただ共有するだけの数秒。やがて唇をはなして、穂乃香は言った。

「凌ちゃん、うるさい」

目を瞬いて、そうか、と凌は困ったように漏らす。

穂乃香は笑った。そしてそのまま、凌の細い身体をぎゅうと抱きしめた。

――しゃぼん玉みたいな、においがする。ふわふわとはかなげに飛ぶ玉を、運ぶ風に自分がなれるならどんなにかいいだろうと穂乃香は思った。冷たい凌の指先が穂乃香のうなじに触れて、反射的に体がふるえる。やっぱり冷たい唇が触れた耳の下がどうしてこんなにも熱を帯びるのか、穂乃香には不思議だった。やさしくて甘い、石鹸を溶かしたようなにおいに包まれながら、生まれてはじめての欲に、穂乃香はその身を委ねる。二人の重なる吐息が風になれば、一緒にどこへでも飛んでいける気がした。

里を出てから、凌と連絡をとったことはない。ただ一度だけ、満を持して惣真が東京に出るとなったとき、メールが届いた。そこに穂乃香を案じる言葉はひとこともなく、ただ、弟を頼む、とだけあった。穂乃香にはそれで十分だった。

「さあて、そろそろ帰るか」

いつもより酒がまわったのか目をとろけさせた森川が、穂乃香の背後から腕をひく。もちろん酔っているはずはなく、挨拶をしにきたママへのポーズなのは明らかだった。

——本当に、酔狂な男だ。

彼がどういうつもりだろうと、いまはどうでもいい気がした。この男も穂乃香も、気の向くままに吹く風だ。先読みをするより、なにが起きても動じず対処するしかない。

しなやかさが武器だと言ってくれた、彼の想いに恥じないように。

「もう二度とおいでになりませんように」

忍びの呼吸で毒づくと、森川はすこぶる楽しげに笑った。

〈参考文献〉
『忍者の精神』山田雄司　角川選書
『花鳥風月の科学』松岡正剛　中公文庫
『完本　万川集海』中島篤巳／訳注　国書刊行会
『忍法大全』初見良昭　講談社
『歴史群像シリーズ特別編集【決定版】図説・忍者と忍術　忍器・奥義・秘伝集』
学研

〈取材協力〉
習志野青龍窟氏

〈Special thanks〉
稲子美砂、横里隆（上ノ空）、木島英治（キーワークス）

本書は二〇一六年三月にＭＦ文庫ダ・ヴィンチｍｅｗより
刊行されました。

双葉文庫

た-53-02

忍者《にんじゃ》だけど、OLやってます

オフィス忍者合戦《にんじゃがっせん》の巻《まき》

2020年4月19日　第1刷発行

【著者】
橘もも《たちばなもも》

【発行者】
箕浦克史
【発行所】
株式会社双葉社
〒162-8540 東京都新宿区東五軒町3番28号
［電話］03-5261-4818(営業)　03-5261-4831(編集)
www.futabasha.co.jp
(双葉社の書籍・コミックが買えます)
【印刷所】
大日本印刷株式会社
【製本所】
大日本印刷株式会社
【CTP】
株式会社ビーワークス

【表紙・扉絵】南伸坊
【フォーマット・デザイン】日下潤一
【フォーマットデジタル印字】恒和プロセス

落丁・乱丁の場合は送料双葉社負担でお取り替えいたします。
「製作部」宛にお送りください。
ただし、古書店で購入したものについてはお取り替えできません。
［電話］03-5261-4822(製作部)

ISBN978-4-575-52341-6 C0193
Printed in Japan